KB113892

무경 新무협 판타지 소설

암제귀환록

FANTASTIC ORIENTAL HEROES

암제귀환록 10

무경 新무협 판타지 소설

초판 1쇄 찍은 날 § 2016년 1월 13일
초판 1쇄 펴낸 날 § 2016년 1월 20일

지은이 § 무경
펴낸이 § 서경석

편집책임 § 김현미

펴낸곳 § 도서출판 청어람
등록번호 § 제387-1999-000006호
등록일자 § 1999. 5. 31
어람번호 § 제2-2630호

주소 § 경기도 부천시 원미구 부일로 483번길 40 서경B/D 3F (우) 14640
전화 § 032-656-4452   팩스 § 032-656-4453
http://www.chungeoram.com
E-mail § chungeorambook@daum.net

ⓒ 무경, 2014

ISBN 979-11-04-90599-5 04810
ISBN 979-11-316-9054-3 (세트)

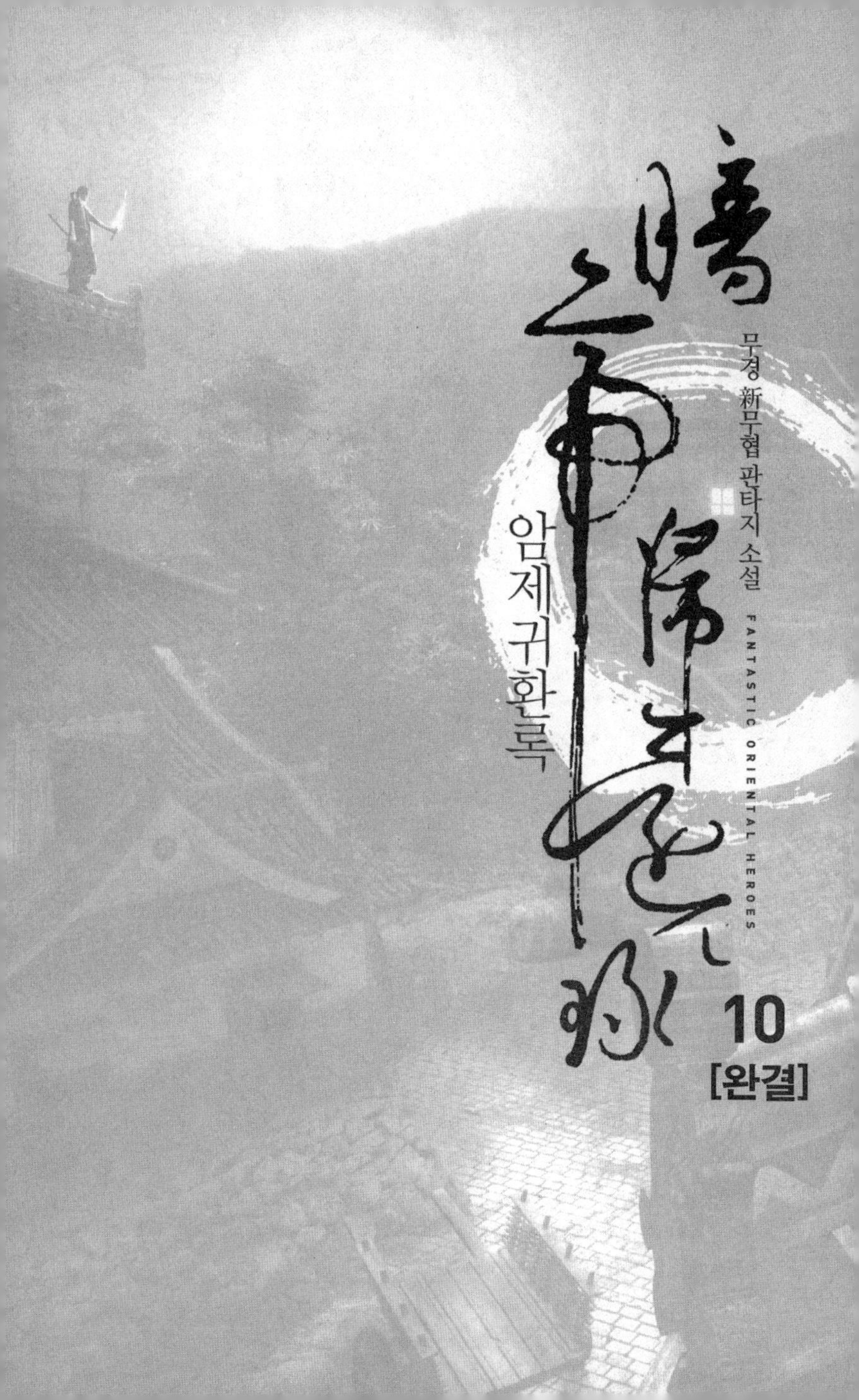
무경 新무협 판타지 소설
FANTASTIC ORIENTAL HEROES
암제귀환록
10
[완결]

암제귀환록

1장

선택의 시간

　전란의 안개는 중원 전역을 아스라이 적시고 있었다. 최소한 장강 이남 지역에 거주하는 이들은 너 나 할 것 없이 바깥의 소문에 귀를 기울이고 있을 터였다.

　혈교의 준동, 그리고 북진.

　진군은 무자비했고 손속은 잔혹했다. 각 지역의 패주라 할 수 있는 무인들이 장렬한 싸움 끝에 죽음을 맞았고, 수많은 방파가 불길 아래 잿더미로 화했다.

　그리고 그 와중 가장 앞서 무림의 방패막이 됐어야 할 무림맹은 긴 홍역을 앓고 있었다.

무림맹주 남궁월의 행방불명, 혹은 죽음. 이는 한밤중에 일어난 기습에 의한 것이었고, 맹주뿐 아니라 무림맹 본부 전체가 궤멸적인 타격을 입고 말았다.

그 괴수의 정체는 여전히 장막 속에 휩싸인 상황이었다.

다만 대다수의 사람은 이 또한 혈교의 암수였을 것이라고 추측하고 있었다.

한마디로 혈교는 전쟁이 일어나기도 전부터 적의 심장을 꿰뚫어 버린 셈이었다. 그렇다 보니 전쟁에서도 승승장구할 수밖에 없었다.

"이제 백도 무림은 끝장난 것인가?"

"혈교의 주도하에 무림의 질서가 새로이 개편될지도……."

강 건너 불구경인 양 한가로이 추측들을 쏟아내는 것은 대부분 흑도의 무리였다.

그들이야 애초부터 제대로 된 터전이랄 게 없는 자들, 혹은 사회의 그림자 속에 기생하는 무리에 불과했던 것이다. 누가 강호의 주도권을 쥐게 된들 별반 큰 차이가 없었다.

그렇다 보니 무림의 위기라 할 수 있는 상황 앞에서도 비교적 안락을 유지할 수가 있었다. 물론 미래에도 그럴지는 알 수 없는 일이었지만 말이다.

특히나 금왕 휘하의 암류방이 그러한 경향을 주도했다.

그들이야 애초부터 무인 간의 싸움과 전쟁을 통해 이윤을 창출하는 자들이었다.

암류방의 분석가들은 하루가 멀다 하고 머리를 맞댔다. 들어오는 정보를 토대로 앞으로의 상황을 추론하기 위함이었다.

물론 그들 대다수는 백도 무림의 패망에 무게를 싣고 있었다.

무림맹주 남궁월의 죽음과 잇따른 패배 소식이 역시 컸다.

하지만 반대 의견도 적지는 않았다.

"백도 무림의 저력을 무시할 수는 없다. 수십 년 전에도 그들은 멸망을 앞뒀지만, 결국 위기를 뒤엎고 승리했지. 이번에도 그럴 가능성이 없다고는 할 수 없다."

"중원은 넓고 고수는 많은 법. 어쩌면 이 순간에도 혈교를 패퇴시킬 고수가 일어서려 하고 있을지도 모르지."

"하지만 그런 변수가 그리 간단히 나타날까?"

"이미 나타났다."

"무슨 의미지?"

"그동안 금왕께서 정보를 독점하고 있었지만, 얼마 전부터 몇 가지 흥미로운 정보가 우리 측 정보망에 잡히기 시작했지."

"흥미로운 정보?"

"그렇다. 예컨대 육천검주 마종운을 패퇴시킨 청년 고수

같은.”

분석가들의 눈이 날카롭게 빛났다.

“육천검주 마종운이라면 화산의…….”

“장문인이지. 우리의 백도 무림 서열록에서도 오 위를 차지하고 있는 강자고.”

“그런 마종운이 패배했단 말인가?”

“그렇다. 비단 혈교에게만 패배한 것이 아니라는 뜻이지.”

현재 마종운은 무림 공적이나 다름없는 취급을 받고 있었다.

기세등등하게 혈교를 상대하겠다고 나섰다가 패퇴한 데다, 그 과정에서 수하들을 버린 채 홀로 달아나 버렸기 때문이다.

덕분에 화산의 위신 또한 바닥으로 떨어진 상황이었다.

그나마 현 무림의 위기 때문에 별 얘기가 나오지 않을 뿐, 평소였다면 진즉 죗값을 치렀을 것이다.

“하지만 마종운의 위신이 바닥까지 떨어진 상황에야, 그런 사건쯤은 큰 의미가 없지 않겠나?”

“위신이 바닥을 쳤다 하여 본신의 무위까지 바닥을 쳤다고 보기는 어렵지. 비록 수하들을 버리고 달아난 머저리라 하나, 놈은 분명한 백도 서열 오 위의 고수다.”

“어쩌면 서열 자체가 잘못 책정된 것일지도…….”

"오차 범위를 감안한다 한들 마종운의 무위는 최소 서열 이십 위권 이내다. 그런 마종운을 이립도 지나지 않은 핏덩이가 쓰러뜨렸다는 것은 분명 크나큰 사건이지."

"으음."

"이 사건 자체가 크게 공론화되지 않은 것은 전쟁 중이라는 특수한 상황 때문이다. 그렇지 않았다면 강호의 이목은 온통 여남에 집중되었을 터."

"여남이라고? 그 청년 고수의 소재가 여남인가?"

"그렇다. 그리고⋯⋯."

말을 잇던 분석가의 입가에 미묘한 미소가 맺혔다.

"얼마 전 여남에선 또 하나의 특이한 사건이 벌어졌었지."

"음."

그것은 다른 분석가들 또한 잘 알고 있는 사실이었다.

"강맹한 무위를 자랑하는 몽골의 전사가 홀로 여남을 침공했고, 한 젊은 무인이 그자를 쓰러뜨렸다던가?"

관부에서 입막음을 하고 있었지만 이미 어둠의 경로를 통해 정보가 퍼질 대로 퍼진 상태였다. 게다가 대낮에 벌어진 일인 만큼 목격자 또한 상당히 많았다.

"듣자 하니 군소 문파의 무인이라던데, 이름이⋯⋯."

"현월. 현검문주의 아들이다."

몇몇 분석가의 동공이 확대됐다. 그들 또한 익히 알고 있는 이름이었기 때문이다.

"그 이름은 분명……!"

"백도 무림 서열 칠십오 위."

간략히 대꾸한 분석가가 서늘하게 웃었다.

"하지만 금왕께서 최근 작업 중이시던 개정판에는 십이 위로 적혀 있지."

"……!"

"게다가 소문대로 그 친구가 마종운을 쓰러뜨린 것이라면."

"최소한 오 위 이상이라는 뜻이군."

"그래. 어떤가? 이 정도면 대(對)혈교전에 있어 충분한 변수가 탄생했다고 할 수 있지 않을까?"

"……."

미묘한 침묵이 방 안을 짓눌렀다.

파격적이다 못해 충격적이기까지 한 사실을 어떻게 받아들여야 할지 모르는 동료들의 앞에서 분석가는 만족스러운 미소를 지었다.

"이제 문제는 하나뿐이지. 혈교 또한 이 친구의 정체를 알고 있느냐는 것."

*   *   *

같은 시각.

혈교의 군세는 호북성에서 하남성으로 넘어가는 경계에 머무른 채였다.

더 이상 파죽지세의 진군은 없었다.

물론 지금까지의 전적만으로도 강호를 뒤흔들기엔 충분한 것이었으나, 지난번 화산과의 일전 이후로는 그 기세가 약간은 꺾여 있는 혈교였다.

그렇기에 이상한 것이었다.

사실 그것은 일전이라고 할 것도 없는 싸움이었다.

애초에 화산의 무인들과 부딪치게 된 것은 혈교의 본대조차 아니었으니 말이다.

게다가 그 이후의 경과 또한 가관이었다.

마종운은 암후의 무위에 질려 금세 전장을 이탈해 버렸고, 어리석게도 수하들을 까맣게 잊고 말았다.

그 결과 우왕좌왕하게 된 화산파의 무인들은 어렵잖게 각개격파당했다.

제대로 싸웠던들 혈교의 간담을 서늘케 했을 정예들이 말이다.

한마디로 혈교의 완승이라 할 수 있었던 전투. 지금까지 혈교가 보여 온 기세가 한층 첨예해지면 첨예해졌지, 그 반대의 경우는 일어나지 않아야 정상이었다.

그렇기에 당사자인 혈교도들조차도 의문과 불만을 느낄 수밖에 없었다.

최종 목적지라 할 수 있는 하남성이 바로 코앞이거늘, 대체 유설태를 비롯한 수뇌부는 어찌하여 이런 곳에서 시간을 죽이고 있단 말인가.

그러한 불만은 지도층 내에서도 나타나고 있었다.

"백도 놈들에게 반격의 빌미 따위를 줄 수는 없는 일. 지금이라도 당장 진군을 재개해야 하오."

"이대로 시간을 끌어봐야 놈들이 대비할 여유만 주는 것 아니오?"

"교도들의 기세가 하늘을 찌르고 있는 지금 끝장을 봐야만 하오."

혈교 수뇌부 회의.

혈교 내에서 한가락 한다는 고수들이 대형 천막 안에 자리한 채였다.

그중에서도 상석이라 할 수 있는 정중앙에 위치한 이는 만박서생 유숭. 특이하게도 총지휘관인 지천궁주 유설태는 참석하지 않은 채였다.

덕분에 모든 이의 불만과 아우성은 유숭에게 집중된 채였다.

"여러분의 의견은 잘 알겠소만."

유숭은 굳은 얼굴로 고개를 저었다.

"돌다리도 두들겨 보고 건너야 하는 법이오. 지금까지의 쾌진격이 오히려 우리의 발목을 잡을 수도 있다는 사실을 아셔야 하오."

"그게 무슨 말씀이오?"

"우리의 상대는 수백 년을 끈질기게 이어져 내려온 백도 무림이오. 기나긴 세월 동안 단 한차례도 중원 무림의 지배권을 빼앗긴 적이 없던 자들이란 말이오. 응당 그만한 저력을 지녔으리라 생각해야 하지 않겠소?"

일견 옳은 소리였으나, 수뇌부의 불만을 잠재울 만한 답변은 아니었다.

"그 말씀은 꼭 우리를 무시하는 것처럼 들리는구려. 아무렴 우리가 그 정도도 모르는 줄 아시는 것이오?"

팔 척 장신의 애꾸눈 사내가 구겨진 얼굴로 반문했다. 사내는 유숭으로서도 조금은 낯선 얼굴이었다.

유숭은 그가 투현왕(鬪玄王)이란 별호로 유명한 사파 고수 장원혈임을 뒤늦게 떠올렸다.

혈교의 준동은 백도 무림뿐 아니라 흑도 무림 또한 전율케 했다.

이윽고 혈교의 대의에 공감한 흑도 고수들이 그들을 찾아

왔고, 혈교는 그들 모두를 흡수하여 한층 거대한 세력을 구축한 채였다.

이는 혈교에 있어서도 큰 이득이었다.

기실 혈교 병력의 가장 큰 취약점은 병참의 엉성함, 그리고 군량을 비롯한 전쟁 물자의 부족이었다.

아무리 강대한 세력이라 한들, 배를 채우지 못하면 사흘을 못 가 궤멸당할 수밖에 없는 것이다.

때문에 병참은 지속적으로 유지되어야만 했는데, 혈교 병력은 워낙 파죽지세로 진군해 온 탓에 물자를 실어 나를 병참선이 탄탄하게 구축되지 못했다.

처음엔 발아래 무릎 꿇린 문파들을 약탈함으로써 물자를 충당했으나, 나중에는 그것만으로도 부족하게 되었다.

사파 세력이 손을 내민 것이 그 시점이었다.

흑도의 무리는 그들 나름대로 혈교의 사정을 정확히 꿰고 있었던 것이다.

"우리도 한몫 잡게 해준다면 그대들에게 필요한 자원을 대주지."

그리하여 사파 세력 또한 동맹군의 형태로 혈교 세력에 흡수됐다.

'그리고 그들의 발언권 또한 자연히 강해졌지.'

베푼 게 많은 이는 자연히 입김이 세질 수밖에 없다. 하물며 나름대로 탄탄한 힘까지 갖추었다면 더더욱.

물론 그러한 '굴러온 돌'에 대해선 '박힌 돌'들의 견제가 더해지게 마련이었다.

지금처럼.

"이건 어디까지나 혈교의 회의요. 외부인은 발언을 삼가시오."

혈교 내 중견이라 할 수 있는 마라권왕(魔羅拳王) 육모달이 쏘아붙였다.

그러나 장원혈은 냉소로 맞서며 한 치도 물러서지 않았다.

"미안하지만 우리는 외부인이라 아니라 그대들의 동맹이오. 수뇌부 회의에 끼어도 될 정당성을 충분히 지닌 셈이지."

"그간 백도 놈들의 텃세에 밀려 찍소리도 못 냈던 주제에 말은 잘 하는군!"

"흥! 우리의 도움이 없었다면 지금의 승세가 가능했을 거라 생각하시오?"

"네놈들의 도움 따위 없이도 백도 놈들을 쓸어버리는 것쯤은 일도 아니다!"

"늙은 구렁이가 주둥이 하나는 잘 놀리는군!"

"그만!"

유숭의 일갈에 장원혈과 육모달 모두가 입을 다물었다.

착 가라앉은 장내의 분위기 속에, 유숭은 무거운 눈으로 좌중을 돌아봤다.

"여러분의 불만과 의견, 잘 알았소. 진군은 조만간 재개될 것이오. 그러니 그때까지 아랫사람들이 경거망동하거나 다른 생각을 품지 않게끔 여러분께서 잘 독려해 주시오."

허튼 짓을 할 생각 따위 말라는 경고였다.

물론 그 말뜻을 못 알아들을 이는 없었고, 거역했을 때 어찌 될지 모르는 이 또한 없었다.

어찌 됐든 현재의 혈교는 이 두 사람, 유설태와 유숭에 의해 굴러가고 있었으니 말이다.

유숭은 피로감을 느꼈다.

'힘들구나.'

기실 혈교의 진군이 멈춘 이유는 단 하나 때문이었다.

여남에서의 일전.

'아니, 그것을 일전이라 할 수 있을까?'

유숭은 그날의 일을 떠올렸다. 그리고 자기도 모르게 흠칫했다.

'크⋯⋯.'

떠올리는 것만으로도 숨통이 죄어지는 기분이었다. 생각하는 것만으로도 온몸에 소름이 돋는 듯했다.

유숭을 가볍게 능가할 정도의 초고수, 더군다나 그 무공은 암후의 것과 같은 암천비류공.

이해할 수 없는 일이었다. 도저히 납득할 수가 없는 일이었다.

그러나 그 사내가 펼쳤던 무공은 분명 암천비류공이었다. 그것도 암후의 무위를 능가하는 수준의.

'그자의 정체를 파악하기 전엔 함부로 병력을 움직일 순 없다.'

그리하여 혈교의 병력은 지금까지도 정체해 있는 것이었다. 하지만 유숭도 유설태도 잘 알고 있었다.

이것이 결코 해결책은 아니라는 것을, 오히려 이것은 스스로를 궁지로 이끄는 길이라는 것을.

'결국은 선택을 해야만 한다는 것이겠지.'

유숭은 나직이 한숨을 쉬었다.

그가 생각하기에 선택의 시간은 이미 코앞으로 다가와 있었다.

2장

사냥의 때

"……."

청랑은 눈을 떴다.

낯선 공간이었다. 어느 모로 보나 중원의 것으로 보이는 화병과 탁상이 가장 먼저 눈에 들어왔다. 이윽고 그가 덮고 있는 새하얀 이불 또한.

몸을 뒤척이려 할 때, 그는 뒤늦게 깨달았다. 자신이 단단한 밧줄에 의해 결속되어 있음을.

"……."

그제야 멍한 상태의 머리가 오래지 않은 기억들을 되살려

냈다.

숙적을 살해한 자를 찾아낸 기억과, 그자와 벌인 성벽 위에서의 일전.

그리고 패배에 대하여.

'사족이로군.'

청랑은 그렇게 생각했다.

초원의 전사에게 있어 패배란 곧 죽음일 뿐. 그 이후에 삶은 연명한다는 것은 그저 치욕에 불과했다. 말 그대로 인생이란 서사시에 있어 사족에 불과할 뿐인.

전력을 다해 싸웠고 패배했다. 푸른 늑대의 이름을 지닌 전사의 삶은 오직 그것만으로도 충분한 것이다.

청랑은 천천히 입을 벌렸다.

몸 전체가 만신창이가 되었다 보니 그 간단한 동작을 하는 데만도 상당한 노력과 시간이 필요했다.

과연 혀를 깨물 정도의 치악력을 낼 수 있을 것인가, 스스로 생각하기에도 의아했다.

하지만 온몸이 결속당한 지금으로선 그 이상의 방법을 떠올릴 수가 없었다.

청랑의 치아가 혓바닥에 닿을 무렵이었다.

"그만두는 게 좋아."

낭랑한 음성이었다. 기껏해야 스물 두셋쯤 됐을까 싶은 여성의 목소리.

청랑은 그제야 그 홀로 방 안에 있는 게 아니라는 것을 깨달았다.

고개를 움직이기 힘들어 바라보지 못한 위편, 그러니까 그의 머리맡에 누군가가 있었다.

문자 그대로 묘령의 여인이.

"왜 자결하려는 건지 알고 있어. 하지만 그만두는 게 좋아. 어차피 소용없을 테니까."

모든 것을 꿰고 있다는 투의 말에 청랑은 입맛이 더러웠다.

"내가 왜 자결하려는지 알고 있다고?"

"그래. 패배한 자들이 으레 택하는 길이니까. 그런 식으로 치욕으로부터 달아나고 싶다는 거겠지."

청랑의 표정이 한층 구겨졌다.

"너는 나와 내 동족에 대해 아무것도 모르는군. 우리는 고작 그런 이유로 죽음을 택하지 않는다."

"당신은 그렇게 생각하겠지. 하지만 남들이 보기엔 결국 같아."

"같다고?"

"그래. 사는 것은 언제나 죽는 것보다 어려운 법이니까."

"잘도 떠드는구나, 중원의 계집이여. 그러나 내가 너의 궤변에 놀아나야 할 이유는 없다."

"어찌 됐든 혀를 깨무는 짓 따위는 관둬. 어차피 통하지도 않을 테니."

"통하지 않는다고?"

"이가 혀에 닿기도 전에 점혈해 버리면 그만이니까."

청랑은 입을 다물었다. 확실히 여인은 그만한 실력을 갖춘 듯해 보였다. 대화를 나누고 있음에도 기척이 느껴지지 않는 것만 봐도 그랬다.

어찌 됐든 분명한 사실은 한 가지였다.

지금 그는 죽을 수조차 없다는 것.

'패배의 치욕을 간직한 채, 마음대로 죽을 수도 없다는 것인가.'

청랑은 피로감을 느꼈다.

"그자는 지금 어디에 있지?"

청랑의 질문에 여인은 잠시 침묵했다. 대답해선 안 될 질문이기 때문은 아니었다.

"나도 자세히는 몰라."

"모른다고?"

"그래."

"그렇다면 다른 질문을 하지. 그자는 날 어떻게 할 생각인가?"

"그것도 모르겠어."

청랑은 이맛살을 찌푸렸다.

"아는 것이 없군."

"……"

침묵 속에서 미세하게 느껴지는 노기. 아무래도 청랑이 그녀의 약점을 제대로 찌른 모양이었다.

"아마도 네게 맡겨진 임무는 나를 감시하는 것인 모양인데……"

"그래."

"그렇다면 몇 가지 질문을 더 해도 되겠군."

"당신의 질문에 대답할 의무 따위는 내게 없는데?"

"그렇다면 무시해도 좋다. 어차피 나로서는 상관없는 일이니."

"……"

청랑은 잠깐 뜸을 들인 후에 말했다.

"그자는 자신이 소천호를 죽이지 않았다고 했다. 그 말은 사실인가?"

대답은 들려오지 않았다. 오직 긴 침묵만이 이어질 뿐.

청랑은 그 사실에 딱히 낙심하거나 분노를 느끼지 않았다. 앞서 말했듯 그로서는 질문의 대답을 듣게 되든 아니든 별 상관은 없었기 때문이다.

어차피 이 모든 것은 시간 죽이기에 지나지 않았으니.

여인의 대답이 들려온 건 그때쯤이었다.

"그 질문에도 확답은 못하겠어. 무엇보다도 나는 소천호라는 사내가 누구인지 모르니까."

"그런가."

"하지만 그가 죽이지는 않았을 거라고 생각해."

청랑의 미간이 확 구겨졌다.

"어째서 그렇게 생각하지?"

"그는 타인의 목숨을 가지고 거짓말을 할 사람이 아니니까."

"……."

"그는 본디 나와 같은 암살자이고, 그의 목적 역시 수많은 죽음을 불러오게 될 테지만, 최소한 그 모든 사실에 있어 거짓은 없어. 그가 누군가를 정말로 죽인 거라면, 그 사실을 숨기거나 부정하려 들지는 않을 거야. 현월이란 자는 그런 사람이니까."

"진심으로 그렇게 생각하는 것인가?"

여인, 흑련은 고개를 끄덕였다.

"그래."

*   *   *

거친 바람이 산등성이를 타고 올라와 현월을 훑고 지나갔다.

길게 이어진 능선 너머로 아가리를 벌리고 있는 협곡을 바라보며, 현월은 자신의 위치를 가늠해 보았다.

'융중산(隆中山) 부근인가?'

물론 현월이 이 근방의 지리에 밝은 것은 아니었다. 다만 자신이 떠나온 장소의 위치와, 자신이 이동한 경로 및 방향을 가늠한 후에 내린 판단일 따름이었다.

'동쪽으로 이십 리, 많은 숫자의 인기척이 느껴진다.'

기실 그것은 인기척이라 할 만한 수준을 아득히 넘어선 상태였다.

어찌 됐든 수천에 달하는 인원이 내는 기척이었으니 말이다.

그곳이 마을일 가능성은 거의 없었다. 구성원의 대부분이 무공을 익힌 특이한 마을이라면 또 모를까.

현월은 확신했다.

"혈교……!"

그 이름을 중얼거리는 것만으로도 온몸의 피가 역류하는 기분이었다.

혈교천세의 깃발 아래 무림맹이 완전히 짓밟히던 날, 유설태의 배신을 알게 되고 현월 또한 최후를 맞이했던 날, 과거로의 회귀라는 최후의 선택을 해야 했던 날.

그날 이래 단 한순간도 혈교에 대한 복수심을 잊은 적이 없었다.

물론 혈교를 처단한다 하여 모든 것이 끝날 거라고 생각되진 않았다. 특히나 제갈철에 의해 자신의 운명을 알게 된 이후로는 더더욱.

'역천자의 운명…….'

제갈철은 자신이 수백 번의 회귀를 경험했다고 했다. 죽음으로도 그 저주받은 굴레를 벗어나지 못했다는 이야기 또한.

실제로 그가 지닌 막강한 무위와 지식 등은 역천이란 단어 없이는 설명되지 않는 것이었다.

그로 인해 현월 자신의 목적 또한 조금은 빛이 바랜 감이 없지는 않았다.

애초에 이번 삶에서 혈교를 멸하고 목적을 이루더라도, 회귀하고 난 뒤엔 모든 것이 되돌아가 있을 테니까.

제갈철은 말했다.

이것이야말로 저주라고.

그리고 그의 말대로라면, 현월 또한 앞으로 그 저주에 동참하게 될 터였다.

"하지만……."

그렇더라도 지금만큼은 다른 것들은 생각하고 싶지 않았다.

오로지 원하는 것은 복수뿐!

현월은 고개를 저어 갖가지 사념들을 쫓아냈다.

"회귀나 역천 따윈 아무래도 상관없다."

지금은 그저 복수만을 생각할 때였다.

기감을 통해 느껴지는 혈교도의 숫자는 어림잡아도 수천.
결코 홀로 감당할 수 있는 숫자가 아니었다.

하지만 현월은 개의치 않았다.

"……"

현월은 고개를 돌렸다.

해는 이제 서녘을 향하여 뉘엿뉘엿 저물어 가고 있었다.

조금 뒤에는 완벽한 어둠이 대지 위로 떨어져 내리리라.

현월은 머릿속에서 제갈철을 지웠다.

어차피 그는 계산 밖의 존재. 현월이 어떻게 대처한들 막아
낼 수 있는 상대가 아니었다.

그렇다면 해야 할 일은 하나뿐.

그저 자기 자신의 역량이 닿는 한도 내에서 전력을 다하는
수밖에 없었다.

그리고 지금, 현월의 눈앞엔 복수의 대상이 존재했다.

"시작하자."

나직이 중얼거린 현월의 신형이 저무는 석양 속에 녹아들
었다.

사냥의 시간이 다가오고 있었다.

*　　　*　　　*

"패업은 코앞까지 다가와 있다."

유설태는 그렇게 중얼거리고는 실소했다. 입 밖으로 구태여 꺼낸 말이, 꼭 자신과는 아무런 상관도 없는 말인 양 느껴졌기 때문이다.

사실 객관적으로 보자면 패업은 실제로 코앞까지 다가와 있었다.

이미 호북성 이남의 강호는 혈교천세의 기치 아래 초토화된 지 오래고, 실질적인 무림의 심장인 하남성 또한 가시권에 접어들었으니 말이다.

그저 몇 걸음.

무자비하게 진군하여 숭산을, 소림을 부수어 버리면 될 일이었다.

물론 그것으로 모든 것이 끝나지는 않을 테지만, 최소한 백도 무림이 회복 불가능한 치명타를 입으리라는 것만은 자명했다.

그러나 정작 혈교는 그 걸음을 내딛지 못하고 있었다.

혈교의 두뇌라 할 수 있는 유설태 또한 마찬가지였다.

"어째서냐."

굳이 이유를 꺼낸다면 하나쯤은 댈 수 있었다.

유숭과 암후가 여남에서 겪었던 사건.

물론 유설태는 두 사람, 정확히는 유숭에게 이야기를 전해 들었을 따름이었다.

암후는 거의 설명하지 않은 채 침묵을 고수했으니까.

유숭은 여남에서 한 사람의 신비 고수와 맞닥뜨렸다고 했다. 최대한 높게 쳐도 이립은 결코 넘지 않았을 듯한 젊은 고수가 그와 암후를 죽음의 위기까지 몰아넣었다고도 했다.

게다가 그 청년 고수가 익힌 무공은…….

'암천비류공이라는 거지.'

쉽사리 믿기 어려운 얘기임은 분명했다.

하지만 유설태가 혈교의 진군을 멈춘 것은 비단 그 고수 때문만은 아니었다.

아무리 대단한 고수라 한들 그 본질은 결국 인간. 한 명의 개인일 뿐이다.

그리고 강대한 개인이라 한들 집단을 당해낼 수는 없었다. 최소한 혈교는 고작 한 사람의 고수에 의해 무너질 만큼 취약한 집단이 결코 아니었다.

'설령 무림맹주가 살아 돌아온다 하더라도 결코 우리를 저지할 수는 없으리라!'

하지만 상대가 암천비류공을 익힌 고수라면 이야기가 조금 달라진다.

애초에 암천비류공은 철저히 암살을 위해 만들어진 무공이었기 때문이다.

창시자인 암황부터가 당대 최고의 자객이었으며, 그 계승자들 또한 대대로 혈교 내에서 암살 임무를 맡아 왔다. 그런만큼 대부분의 계승자에 대한 기록이 전무하다시피 했고.

화무백이나 암후처럼 대외에까지 알려진 경우가 극히 드문 편이었던 것이다.

'그리고 유숭의 말마따나, 그자의 무위가 암후를 뛰어넘은 수준이라면······.'

혈교는 중원 최강의 암살자를 적으로 돌린 셈이다.

거기서부터 모든 두통이 시작되는 것이었다.

그저 강하기만 한 무인에게 대적하는 것과 최고의 실력을 갖춘 암살자를 상대한다는 것은 완전히 다른 문제니 말이다.

'그래서 나는 혈교를 이곳에 주둔시켰다.'

막사 한가운데의 탁상 위에 펼쳐진 지도.

유설태의 시선이 그곳으로 향했다.

지도는 혈교 병력이 주둔하고 있는 인근의 대지를 나타내고 있었다. 유설태 본인의 뜻대로 배치된 병력의 진세 또한.

그것이 일종의 절진을 구축하고 있음을 깨닫는 데엔 빼어난 지식은 필요치 않았다.

지천절마진(知天絶魔陳).

모든 것은 한 사람의 암살자를 해치우기 위함이었다.

"놈은 반드시 이곳으로 올 것이다."

암천비류공을 익혔다는 수수께끼의 고수.

유설태는 물론 그자에 대해선 조금도 알지 못했다. 다만 그
자가 어찌 행동할지는 대략적으로나마 짐작할 수 있었다.

"놈이 익힌 무공이 정녕 암천비류공이라면."

암천비류공은 그야말로 죽음의 무공.

유설태 본인부터가 반평생에 가까운 시간을 들여 후계자
를 만들어내고자 했던 무공이다.

그러나 그 강맹함 때문에, 필연적으로 단독 행동을 강요받
을 수밖에 없었다.

암천비류공의 칼날은 적에게 위협적인 만큼 아군에게도
위협적인 것이다.

진실로 그 무공을 익힌 고수가 있다면, 협공 따위는 택할
리 없었다.

다수끼리의 싸움에 끼어들려고 할 리도 없었다. 아군의 죽
음마저 개의치 않는다면 또 모를까.

'게다가……'

유설태는 왠지 그가 홀로 찾아올 거라는 느낌을 강하게 받

았다.

그것은 그 스스로도 설명하기 어려운 느낌이었다. 흔히들 육감이라고 뭉뚱그려 표현하고는 하는, 논리를 기반으로 한 언어로서도 도저히 풀어낼 수 없는 느낌.

조금 무책임한 표현을 빌리자면, 운명의 끌림이라고도 할 수 있으리라.

"놈은 홀로 이곳을 찾아올 것이다."

유설태의 혼잣말이 천막 안의 어둠을 흔들었다.

그 흔들림의 끝자락으로부터 하나의 인영이 스르륵 나타 났다.

"미우더냐?"

"예."

소녀의 것임이 분명한 음성. 이윽고 어둠 속에서 익숙한 얼굴이 고개를 들었다.

한때 미우라는 이름을 지녔던 소녀, 암후는 창백한 표정이 었다.

"느껴져요, 군사님."

유설태의 미간이 순간 딱딱해졌다.

"녀석이더냐?"

"예."

암후는 느릿하게 고개를 끄덕였다.

"그가 이 근방에 도착했어요."

쿵.

무언가가 강하게 가슴을 후려치는 듯한 느낌에 유설태는 하마터면 신음을 토할 뻔했다.

그제야 그는 자신이 얼마나 큰 압박감을 느끼고 있었는지 깨달았다.

패업에 대한 압박도, 혈교의 미래에 대한 압박도 아니다.

죽음에 대한 두려움. 그로부터 피어난 순수한 압박감.

암살자가 찾아온다고 한다면, 그 목표는 애초부터 자명했던 것이다.

지도자의 제거.

"놈이 나를 죽이러 오는구나."

유설태의 혼잣말에 암후는 음울한 그림자가 드리운 얼굴을 끄덕였다.

"제가 군사님 곁에 있을게요."

괜찮다고 말하려던 유설태는 이내 마음을 바꿨다.

'만약 내가 세워 놓은 대비책이 모조리 무력화된다면, 믿을 것은 이 아이뿐이다.'

그녀만큼은 최후의 보루로서 남겨둬야만 했다.

"놈의 움직임을 기감을 통해 파악할 수 있겠느냐?"

유설태의 질문에 암후는 고개를 저었다.

"기척을 감지하기가 어려워요. 그자가 이 근방에 나타났다는 것조차도 겨우 감지했는걸요."

"그렇더냐."

아쉬움이 드는 게 사실이었지만 어쩔 수 없었다. 그녀의 잘못도 아니고, 원체 놈의 실력이 빼어나기 때문이니.

유설태는 곧장 유숭에게 전음을 보냈다.

[사냥감이 찾아왔네.]

유숭은 별다른 반응을 보이지 않았다. 이는 그럴 여유조차 없다는 것을 내심 알고 있기 때문일 터.

얼마 지나지 않아 진영 내의 공기가 확 달라졌다는 게 느껴졌다. 필시 유숭에 의해 혈교도들 전원에게 명령이 하달된 것이리라.

'적습이 있을 것이다!'

아마도 그것으로도 충분할 터였다.

나머지는 유설태 본인이 펼쳐 놓은 군진의 위력과 교도들의 능력을 믿을 따름이었다.

"몸을 숨기지 않으셔도 괜찮으시겠어요?"

암후가 그렇게 물었으나 유설태는 고개를 저었다.

"섣불리 움직여 놈의 표적이 되는 꼴은 피해야겠지. 놈이 어디서 나타날지 모른다면, 차라리 이 자리를 고수하는 편이 낫다."

"군사님의 뜻이 그렇다면……."

"너도 최대한 기척을 감추거라."

암후가 고개를 끄덕였다. 그때 한 가지 불안이 유설태의 뇌리를 스쳤다.

'만약 놈이 이 아이의 기척을 감지하게 된다면…….'

그러나 그럴 가능성은 그리 높지 않았다. 지금 이 진영 내부는 온통 살기와 기척의 소용돌이였던 것이다.

그 안에서 한 사람의 기척을 찾아낸다는 것은 모래밭에서 바늘 찾기와 다름이 없었다.

'지금부터는 인내심 싸움이다.'

아직 아무런 소요조차 일어나지 않았지만, 이미 사냥은 시작된 것이나 마찬가지였다.

과연 어느 쪽이 사냥꾼이고 사냥감일지는, 아직 두고 봐야 할 일이었지만.

3장

암제

완연한 어둠이 대지 위로 내려앉았다.

산새들의 지저귐이 줄어든 허공에 풀벌레들의 소음이 자리 잡았다.

떠오른 달이 흘리는 약간의 빛을 제외하고는 칠흑 같기만한 밤이었다.

현월은 그러한 밤의 한가운데에 있었다.

스스스스.

현월은 어둠 속에 녹아든 채 빠른 속도로 전진했다. 삽시간에 제법 큼직한 구릉 하나를 넘어서서는 이내 혈교도들의 영역 내부로 진입했다.

'지천절마진(知天絶魔陳).'

현월은 어둠 속에서 실소했다.

유설태는 이미 자신이 올 거라는 사실을 알고는 최고의 절진 중 하나를 펼쳐 놓은 상태였다.

지천절마진은 유설태 스스로가 창안한 절진이었다. 다만 완전히 무에서 유를 창조한 것은 아니었고, 혈교의 악명 높은 술진 중 하나인 수라마진(修羅魔陳)을 군진의 형태로 변형 및 개량한 것이었다.

더불어 현 상황에서는 최적의 선택이라 봐도 좋았다.

이는 애초부터 막강한 힘을 지닌 단일 대상을 보다 약한 다수의 병력으로 제압하는 것을 목적으로 한 군진(軍陳)이었으니 말이다.

'자신의 실력을 과신하여 홀로 찾아온 암살자를 해치우기엔 이 이상의 절진도 없겠지.'

다만 문제라면 상대를 잘못 골랐다는 점일 터.

운명의 장난이라고 해야 할까.

지천절마진은 현월이 아직 암제의 위명을 얻기 이전에 습득한 절진이었다.

'대략 십여 명이었던가.'

암천비류공이 일인전승의 무공이라 하여 처음부터 한 명

의 사람만을 골라 키우진 않는다. 다수의 적합자를 구해 단체 훈련을 실시하고, 그 과정에서 최적의 한 사람을 찾아내는 것이 기본 방식이었다.

그 과정에서 유설태는 암기와 독, 비술과 무공 및 절진에 이르기까지 수많은 것을 적합자들에게 전수했다. 또한 적합자들이 그 지식을 제대로 습득하였는지 철저히 확인하고 또 확인했다.

그 정보들 중엔 유설태의 입지에 치명적일 수도 있는 것들 또한 다수 포함되어 있었다.

하지만 유설태는 그다지 개의치 않았다. 그럴 수밖에 없는 게, 정보 유출이란 것도 일단은 적합자가 살아남아야만 가능한 일이었던 것이다.

현월을 제외한 적합자들은 암천비류공의 전수 과정에서 모조리 죽었다.

태반이 주화입마에 의한 사망이었고, 이를 제외한 나머지는 대부분 육체의 혹사로 인한 과로사였다.

그 모든 과정을 견뎌낸 것은 현월 단 한 사람뿐이었다.

그리고 원래대로라면 현 시점에서 지천절마진에 대해 알고 있는 사람은 유설태 한 명이어야만 했다.

그렇기에 유설태는 거리낌 없이 이 진법으로 현월에게 맞서려 했을 테고.

'그것이 네 실수이며 업보일 테지.'

냉소를 머금은 현월이 이내 신형을 날렸다.

그대로 진법 안으로 짓쳐 들지는 않았다.

무턱대고 돌진하는 것은 자살행위이다.

진 외곽의 소수 병력을 베어 넘길 수야 있겠지만, 그 순간 군진 전체가 회오리치듯 회전하며 현월을 내부로 빨아들이게 될 터였다.

압도적인 보법이나 경신술을 지녔다면 빨려들기 전에 빠져나오는 것도 가능할 테지만…….

'필시 빠른 속도를 지닌 유격대가 존재할 테지.'

군진 자체와 별개로 기동하는, 혈교 내 최강의 고수들로 구성된 이른바 독립부대가 따로 있을 터였다.

그들이 현월의 발을 묶는 동안 진형 전체가 가변하여 현월을 포위해 버리면 빠져나가기 곤란해진다.

아무리 지금이 밤이고, 현월의 실력이 회귀 이전에 비해서 성장했다고는 하지만, 혼자서 감당하기엔 벅찰 것이 분명했다.

'그렇다면 방법은 두 가지뿐.'

깊숙이 들어가지 않은 채 외부에서부터 야금야금 진 자체를 붕괴시키는 것이 하나.

이 경우 단기간에 최대한의 타격을 입힌 채 재빨리 빠지는 것이 중요했다.

유격대가 도착하기 이전, 설령 근방에 도착하더라도 추격당하지 않을 정도의 여유를 지닌 상태에서 빠져나가는 것이 중요했다.

그리고 같은 방식으로, 진 자체가 위력을 상실하게 될 때까지 진형 자체를 겉면부터 야금야금 갉아먹어 가는 것이었다.

'불가능한 일은 아니다.'

어둠 속에서라면 현월은 인간의 영역을 초월한 체력과 지구력을 지닐 수 있다. 단기간에 회복 불가능한 치명상을 입은 경우만 아니라면, 약간의 휴식만으로도 얼마든지 최선의 상태를 유지할 수 있었다.

다만 시간이 문제였다. 혈교도의 숫자는 결코 적지 않았고, 훈련 수준이나 개개인의 무력 또한 결코 무시할 수만은 없었으니까.

어쩌면 날이 밝기까지 유설태의 그림자조차 보지 못하게 될지도 몰랐다.

'그 경우엔 다시 밤이 되기를 기다리면 되겠지만……'

유설태는 희대의 천재.

첫날의 습격만으로도 현월이 지천절마진에 대해 알고 있다는 사실을 간파할 터였다. 그리고 또 다른 방식으로 스스로를 보호하려 할 터였다.

'혹은…….'

아예 공세로 전환할 가능성도 없지는 않았다. 이미 유숭으로부터 여남에 대한 정보를 습득했을 터.

그 밖에 몇 가지 정보들을 조합한다면, 여남이 현월의 거점이란 것을 유추하는 것쯤은 어렵지 않을 것이었다.

그렇게 되면 현월 또한 곤란해진다.

어디까지나 이 싸움은 혈교의 무리가 되도록 하남성을 침범하지 않은 상태에서 끝장을 보는 것이 좋았다.

'그렇다면… 두 번째 방법을 택해야 할까?'

두 번째 방법이라 하여 획기적인 전략이나 전술은 결코 아니었다.

그러나 현월의 지금까지의 행보를 고려한다면, 매우 희귀한 방식이긴 했다.

'아무에게도 들키지 않은 채 진형의 심장부까지 잠입하여 놈을 척살한다!'

가장 보편적이고 기본적인 암살 방법, 그러나 암제라는 존재와는 가장 거리가 먼 방법이기도 했다.

'가능성은 낮지 않다.'

현월의 잠행술은 결코 낮은 편이 아니었다. 흑련을 비롯한 극소수의 암살자들을 제외한다면 중원 내에서도 최고 수위라 봐도 좋았다.

그럼에도 현월이 그간 잠행을 통한 암살을 택하지 않은 이유는 간단했다.

'굳이 그럴 필요가 없었으니까.'

암살이란 결국 상대를 죽이는 것이 목적이다. 그 과정에서 잠행과 연막, 계교와 속임수가 동원되는 것은 크게 두 가지 이유 때문이다.

하나는 암살자 본인의 안위, 일단은 자신이 살아 있는 상태여야 적을 죽이는 것이 전제되기 때문이다. 물론 간혹 암살자 자신의 목숨까지 던져 가며 대상을 제거하고자 하는 경우 또한 없지는 않다.

두 번째 이유는 적이 지닌 보호 수단을 파훼하기 위함이다.

다시 말해 모든 묘책과 계교는 결국 암살의 성공 가능성을 높이기 위한 수단인 것이다.

한마디로 그런 것 없이도 성공 가능성이 높다면, 굳이 잠행이나 연막 따위는 필요치 않다는 뜻이기도 했다.

암제가 그러했다.

강력한 무위를 지녔기에 자신의 안위를 굳이 걱정할 필요도 없고, 그 무공 덕분에 대부분의 방어책 따위는 간단히 파훼하는 것이 가능했다.

그렇다 보니 자신의 흔적을 지울 필요도, 며칠씩 헛간 따위에 죽치고 앉아 암살 대상을 기다릴 필요도 없었다.

하지만 그렇다고 하여 현월이 잠행을 비롯한 여러 수법에 무지한 것은 결코 아니었다.

얄궂게도 유설태는 기본의 충실함을 매우 중요시하는 자였고, 그런 까닭에 수많은 계책과 묘수를 현월에게 전수해 주었던 것이다.

'그러니까……'

현월은 어둠 속에서 눈을 빛냈다.

'네가 가르쳐 준 수법들로 너를 죽이러 가주마.'

현월은 마음을 정했다.

'지금 해치운다!'

복수만을 위해 이십여 년의 시간을 거슬러 왔다. 그 후에도 수많은 일을 경험하며 복수의 일념을 갈고 닦았다.

그리고 이제 더 이상은 시간을 지체하고 싶지 않았다.

'간다.'

현월은 다시금 어둠 속으로 녹아들었다.

호흡을 극도로 가라앉히고 자아를 무의식의 표면 아래로 가라앉혔다.

생명의 요건이라 할 수 있는 것들을 완전히 배제하여 스스로를 지워 없애기 위함이었다.

그 순간 현월은 어둠에 완전히 동화됐다.

단순히 모습을 감추는 수준을 벗어나, 완벽하게 어둠 자체가 된 것이다.

인간은 사라지고 어둠만이 남았다.

그리고 어둠은 사냥꾼을 기다리는 자들의 영역 안으로 발을 디뎠다.

이는 회귀 전의 현월조차도 다다르지 못한 영역이었다. 그리고 과거로 되돌아온 현월 역시, 단순한 수련만으로는 결코 다다르지 못했을 것이었다.

화무백과 백진설의 일전, 무의 궁극에 다다른 초월자들의 싸움과 죽음이 안겨준 거대한 파문이 없었더라면.

또 한 명의 역천자, 제갈철의 존재로 인해 정신적 시야가 넓어지지 않았더라면.

소천호와 청랑, 흑련과 범화, 그 외의 수많은 이와 조우하며 경험을 넓히지 않았더라면.

그 모든 경험과 깨달음이 현월이라는 존재 안에 차곡차곡 축적되어 있었다.

그리고 이는 원래 뿌리내리고 있던 암천비류공이라는 거목을 더욱 크고 굳건하게 자라나게 만들었다.

그리고 현월은 어둠 자체가 된 지금에서야 그 사실을 확실하게 깨달았다.

'나는 내가 생각했던 것 이상의 존재가 되었다.'

어둠은 계속해서 걸음을 내디뎠다.

"……."

긴 침묵.

이따금 흘러나오는 극도로 자제된 호흡.

현월의 것이 아닌, 혈교도들의 것이었다.

혈교도들의 방위 태세는 철통같았다.

하나같이 핏발 선 눈으로 사위를 주시하는 모습이, 쥐새끼한 마리라도 나타나면 요절을 내버리겠다는 단호한 의지가 느껴졌다.

그러나 현월은 아무런 제지도 없이 그들을 스쳐 지나갔다.

잠행만으로도 방벽을 뚫고 지나간 셈이었다. 그렇다면 여타 수법은 필요치도 않을 터였다.

'아직까지는… 말이지.'

속으로만 중얼거린 현월이 이내 심중을 비웠다. 잡념을 떠올림으로써 자칫 기척을 발하게 될 수도 있었다.

지천절마진은 총 삼십육 개의 분절로 이루어져 있었다.

분절은 절진의 구성 방식에 따라 조금씩 달라지는데, 지형을 매개로 하는 술진의 경우엔 바위나 고목 같은 표식일 테고 병사를 매개로 하는 군진의 경우엔 병사 그 자체가 분절을 이루었다.

그러므로 지금의 경우, 각 분절을 구성하는 것은 수십에서 수백에 이르는 혈교도일 터였다.

각각의 분절은 여덟 방향을 방위하는 이십사 개의 분절과 심장부를 둘러싼 여덟 개의 분절, 한가운데에서 사각형을 그리며 맞물려 있는 네 분절로 이루어져 있었다.

보통의 경우라면 그 네 분절 중 하나에 유설태가 있을 터.

'하지만 이 경우엔 조금 얘기가 다르지.'

유설태는 결코 녹록한 상대가 아니었다. 설마 현월이 지천절마진을 간단히 파훼할 거라고는 생각지 못하고 있을 테지만, 만약의 경우는 상정해 두었을 터였다.

'네 분절 이외의 분절에 유설태가 숨어 있을 가능성도 낮지 않다.'

결국 서른여섯 개의 분절 모두를 살펴봐야 한다는 뜻.

'그렇다면 어디부터?'

내부로 침투하며 지나쳐 온 분절 하나를 제외하면 모두 서른다섯.

어차피 한 번씩은 살펴봐야 하니, 그냥 아무 곳으로나 일단 가보는 것도 나쁘진 않았다. 하지만 지금만큼은 자신의 감에 의존해 보고 싶었다.

현월 또한 유설태와 마찬가지로, 어떠한 운명의 이끌림을 느끼는 것인지도 몰랐다.

'나는……'

현월은 이내 마음을 정했다.

딱히 강렬한 기감이 느껴지지는 않는, 그러나 자신을 끌어당기고 있는 듯한 방향으로.

*　　*　　*

"나는 지금 두 가지 이유로 인해 그대를 비웃고 있소."

투현왕 장원혈은 비릿하게 웃었다.

"하지만 그 이유를 설명하기 이전에, 지천궁주라 불러드려야 할지 전 무림맹 군사라 불러드려야 할지부터 생각해 봐야겠군."

"귀하는 두 가지 명칭에 대해 말하고 있으나 그중 어느 쪽도 사용하지 않는 게 좋을 것이오."

유설태는 담담한 어조로 대답했다.

"전자는 그대들을 뛰어넘은 세력을 뜻하고, 후자는 그대들을 짓밟은 세력을 뜻하니까."

"흥! 말장난하는 솜씨만큼은 일품이시군. 좋소. 그렇다면 본론으로 들어갑시다."

"본론이라면, 앞서 말한 두 가지 이유 말이오?"

"그렇소."

장원혈은 쾅 소리가 나게 탁자를 내려쳤다. 동시에 유설태는 발을 슬쩍 쳐올려 탁자의 아랫면을 타격했는데, 그로 인해 탁자는 쪼개지지 않고 멀쩡한 상태로 남았다. 두 고수의 힘이 탁자 내부에서 상쇄된 까닭이다.

"흥."

코웃음을 친 장원혈이 말을 이었다.

"우선은 첫 번째 이유에 대해 말하리다. 고작 암살자, 그것도 잠입하기도 전에 위치를 발각당한 암살자 따위에 겁을 먹었다는 게 첫 번째 이유요."

"그리고 두 번째는 무엇이오?"

"역시나 암살자에게 겁을 먹어 이곳을 찾아왔다는 것! 정중앙에 차분히 앉아 돌아가는 상황을 즐기기만 해도 될 텐데, 대체 어째서 외곽에 위치한 이곳에 몸을 의탁한단 말이오?"

장원혈이 위치한 분절은 전체 진형에서도 동쪽 끝이었다. 만약 적이 동으로부터 치고 들어온다면 최전방 방패막이 될 곳인 것이다.

기실 장원혈은 처음부터 불만스러웠다.

자신들이 자칫 혈교의 방패 역할을 하게 될 수도 있다는 게 영 마땅찮았던 것이다.

"내 비웃음에 대해 왈가왈부할 자격이, 과연 귀하에게 있는지 의심스럽군."

장원혈이 말했다.

물끄러미 장원혈을 응시하던 유설태가 나직이 운을 뗐다.

"우선, 나는 그대의 비웃음에 대해 왈가왈부할 생각은 없소. 애초에 그대가 어찌 행동하든 그것은 내가 관여할 바가 아니기 때문이오."

장원혈의 미간이 일순 꿈틀거렸다.

제법 점잖게 대답한 것 같아 보여도, 결국은 내 알 바 아니라는 의미였기 때문이다.

"게다가."

장원혈이 뭐라 내뱉기도 전에 유설태가 말을 이었다.

"놈의 기척을 미연에 알아챈 것은 그야말로 천운이지, 놈의 실력이 뒤떨어지기 때문이 결코 아니오."

"그게 무슨……."

"투현왕께선 놈의 기척을 느끼셨소? 외부의 누군가가 이곳으로 다가오고 있음을 미연에 감지하셨소?"

"……."

순간 장원혈의 말문이 막혔다.

기실 혈교 수뇌부로부터의 명령이 전파되기 이전엔 아무런 기색도 느끼지 못했었던 까닭이다.

유설태는 그것을 비난하는 말 한마디도 없이 설명을 이어 갔다.

"내가 이곳으로 온 것 또한 그 사실에서 기인하오."

"하! 암살자 한 놈이 무섭기라도 하단 말씀이오?"

"그렇소."

담담한 긍정에 장원혈을 재차 말문이 막혔다.

'현재 혈교의 전권을 쥐고 있는 사내의 대답이라기엔 너무나 유약하지 않은가?'

남해에서부터 호북에 이르기까지. 혈교가 뿌린 피의 양은 황하를 채울 정도이며, 혈교에 의해 죽은 이들의 시체는 태산을 쌓을 정도라고 했다. 수많은 문파가 무너져 내렸고 중원 무림은 뿌리째 흔들렸다.

지금 상황은 또 어떠한가?

붕괴된 무림맹의 잔당들은 숭산에 틀어박힌 채 벌벌 떨고 있을 따름이다.

잘난 척 허풍을 치며 쳐들어온 화산파의 마종운은 꽁지가 빠지도록 달아났다.

그뿐인가.

어쩌면 무림맹 본부가 궤멸된 사건에도 혈교의 입김이 닿아 있을지 모르는 노릇.

한마디로 현재의 혈교는 이미 무림의 중심축을 무림맹으로부터 빼앗아 온 것이나 다름없었다.

'한데……'

정작 그 모든 것을 이루어낸 사내가 단 한 명의 암살자가 두렵다고?

그가 두려워서 자신의 자리를 떠나 이곳에 왔다고?

장원혈로서는 도저히 이해할 수가 없는 일이었다.

"놈이 무슨 귀신이라도 된단 말이오?"

"어쩌면 그럴지도 모르지."

유설태의 대답에 장원혈은 멍한 표정을 지었다.

'이자가 지금 실성을 한 것인가?'

그러나 유설태는 제정신이었고, 또한 진심이었다.

"놈은, 이름조차 제대로 모르는 그놈은 실로 귀신같은 자요."

유설태는 그저 그렇게만 설명했다. 암천비류공에 대해 털어놓을 수도 없거니와, 구태여 장원혈의 궁금증을 해갈해 줄이유 또한 없었으니까.

"나는 놈이 두렵소. 하지만 동시에 증오스럽소. 그렇기에오늘, 이곳에 함정을 파고서 놈이 들어오길 기다리고 있는 것이오."

"그렇다는 것은… 그 한 명의 암살자를 해치우기 위해 혈교의 전력을 동원했다는 뜻이오?"

"그렇소."

"대체 그렇게까지 할 필요가 있단 말이오? 그 암살자라는게 설마, 행방불명된 무림맹주이기라도 하단 말이오?"

"차라리 그렇다면 이렇게 답답하지도 않을 테지."

유설태는 무거운 한숨을 쉬었다.

"어쨌든 당장으로서는 이렇게 대답할 수밖에 없겠군. 놈은 두려워할 만한 자이며, 그렇기에 나는 모든 역량을 동원해 놈을 처치할 것이오."

"대체 그놈이 누구이기에 그러는 거요?"

"글쎄. 굳이 이름을 붙이자면……."

잠시 침묵하던 유설태가 입을 열었다.

"암제라고 불러야겠지."

4장

청랑의 제안

'그곳'의 근처까지 다다랐을 때, 현월은 희미한 낭패감을 느꼈다.

자신을 유설태에게로 이어줄 거라 믿었던 '운명'이 살짝 비틀려 있었음을 깨달은 것이다.

'잘못 찾아왔다.'

그것을 자각한 순간 현월의 일부가 어둠으로부터 떨어져 나왔다.

낭패감을 느끼고 생각함으로써 무의식의 영역이 깨어지고 자아가 드러난 것이다.

그리고 그녀는 그 찰나를 놓치지 않았다.

파앙!

공기를 찢는 소음과 함께 날렵한 신형이 쏜살처럼 쇄도했
다. 그 신형의 첨단으로부터 야수의 발톱과도 같은 칼날이 솟
구쳐 나왔다.

노리는 위치는 현월의 목젖. 멍청히 있다간 그대로 멱을 꿰
뚫릴 것이다.

'쳇.'

현월은 허리춤의 현인검을 빠르게 출수하고는 어둠 속의
발톱을 향하여 후려쳤다.

두 자루의 칼날이 짐승처럼 부딪치려는 찰나, 현월은 검의
궤도와 자신의 상체를 동시에 비틀었다.

휘이잉!

격렬한 바람이 몰아쳤다. 두 사람의 신형이 아슬아슬하게
서로를 비껴 지나갔다.

그대로 열 걸음쯤을 전진해 나아간 현월이 걸음을 멈추고
뒤로 돌았다.

그녀와의 거리는 대략 스무 걸음. 그녀 또한 몸을 돌린 채
현월을 바라보고 있었다.

마치 거울과도 같은 움직임에 현월은 쓴웃음을 지었다.

'나의 대용품답다고 해야 할까.'

그 웃음을 본 모양인지 그녀가 고개를 갸웃거렸다.

"왜 웃지요?"

"내 자신이 우스워서."

현월은 그렇게 대답했다.

"네 기척을 유설태의 것으로 착각하고는 여기로 와버렸거든."

"나는 기척을 낸 적이 없습니다."

여인이라기보다는 소녀에 가까운 그녀, 암후가 눈빛에 칼날 같은 살기를 실은 채 날카로운 어조로 말했다.

그녀의 말은 아마도 사실일 터였다. 어둠 속의 현월이 그런 것처럼, 어둠 속의 그녀 또한 거의 무(無)에 가까운 형태로 존재할 수 있을 테니까.

현월 또한 엄밀히는 그녀의 기척을 읽고 온 것이 아니었다.

말로는 설명하기 힘든, 어떠한 이끌림을 따라 이곳까지 왔을 뿐.

'하지만 그게 실수였던 거지.'

유설태는 여기에 없었다. 그나마 다행인 것은 다른 혈교도 또한 없다는 것이었지만.

기실 그녀는 지천절마진의 분절로서 위치하고 있던 것이 아니었다.

분절과 분절 사이의 공간에 그저 덩그러니 놓여 있었을 뿐.

그 때문에 근처에 다른 혈교도가 없는 것이었다.

물론 그것도 지금 당장의 얘기일 뿐.

당장 암후가 큰 소리를 내기라도 하면 낌새를 챈 혈교도들이 개미 떼처럼 몰려들 것이 분명했다. 애초에 현월이 격돌을 피한 것도 그 때문이었고.

'쉽지 않겠구나.'

암후를 응시하며 현월은 생각했다.

조금 전의 공방으로 확실히 알 것 같았다.

얄궂게도 그녀의 무위는 회귀 전의 현월과 거의 동일한 수준이었다.

현월이 근소하게 우위에 있기는 하나 압도적인 차이는 결코 아닌 수준.

'방심하다간 당한다.'

현월은 스스로를 다잡았다.

그녀가 자신의 대용품이라는 것이 확실히 신경 쓰이는 일이긴 했다.

하지만 그 사실에 매달린 채 이곳에서 발을 붙들릴 수야 없는 일이었다.

'해치운다!'

또 다른 적들이 몰려오기 전에 최대한 조용히, 그리고 신속하게 끝장을 봐야 했다.

이미 지천절마진의 내부 깊숙이 들어왔다는 점은 그나마 다행한 일이었다.

애초에 현재 지천절마진은 반쯤 임기응변으로 펼쳐진 상태. 그나마 진의 움직임을 어느 정도 이해하고 있는 것은 각 분절을 지휘하는 이들 정도일 터였다.

'이미 내부 깊숙이 들어온 적에게 대처하는 것은 버거울 것이다.'

이제 와 생각해 보면 이건 유설태의 실수라는 생각이 들었다.

정말 현월을 압박하고자 했다면 이곳에 죽치고 있을 게 아니라 북진을 서두르는 것이 나았으리라.

"군사님은 변했어요."

갑작스러운 암후의 한마디.

신경 쓰지 않으려는 현월의 생각과 달리, 그의 입은 거의 반사적으로 반문을 토했다.

"뭐라고?"

"예전의 군사님은 똑똑한 분이었어요. 제가 물어보는 것은 뭐든 가르쳐 주실 만큼. 하지만 이제는 아니에요. 저처럼 바보가 된 것은 아니지만, 예전과는 달라지셨어요. 뭐가 군사님을 그렇게 만들었을까요?"

횡설수설하는 듯한 느낌.

이제 보니 그녀의 초점 또한 현월과는 미묘하게 어긋나 있었다.

'정신이 붕괴된 건가?'

그러고 보면 그녀의 폭발적인 성장세가 마음에 걸렸었다.

지금 그녀가 보이는 성취에 도달하기까지는 현월조차 이십 년에 가까운 세월을 필요로 했다.

하지만 최소한 겉으로 보이는 그녀의 나이는 스물이 채 안 되어 보였다.

현월은 그녀의 나이를 물을까 하다가 이내 관두었다.

'신경 써서는 안 된다.'

그녀의 인생, 그녀의 언행 따위는 알 바 아니었다. 지금 중요한 것은 그녀를 최대한 신속하게 해치우고 유설태를 찾는 일이었다.

한데 이상하게도 발이 떨어지질 않았다.

"그 남자가 제 앞에 나타났기 때문일까요."

"그 남자?"

이번에도 무심결에 반문하고 말았다.

현월은 뒤늦게 그 사실을 깨닫고 미간을 찌푸렸지만 이미 내뱉어 버린 말이었다.

다행히 주변의 기척은 여전히 없었다.

하기야 두 사람의 대화는 이따금 부는 바람 소리에도 묻힐

만큼 조용했고, 어지간한 고수조차 기척을 느끼지 못할 만큼
은밀했다.

"예전엔 기억나지 않았는데 이제는 기억이 나요. 아마도
그 남자가 일부러 제 머리를 바보로 만들었기 때문일 거예
요."

"그 남자가 누구지?"

"그 남자가 제 머릿속을 엉망으로 만들었어요. 그리고 제
몸도……."

현월의 뇌리에 한 사내의 얼굴이 스쳤다.

"제갈철."

"그 남자가 제게 명령했어요. 지금까지는 그 명령이 기억
이 나지 않았는데, 당신을 만나게 되니까 갑자기 떠올랐어
요."

"그 명령이란 게 뭐지?"

"그 명령을 제가 따라야 하는 걸까요?"

암후의 반문에 현월은 입을 다물었다.

어째서 이런 상황 속에서 그녀와 한가로이 대화를 나누고
있는 걸까.

의문이 계속해서 머릿속을 흔들고 있었지만, 현월은 일단
대답을 하기로 했다.

"따르고 말고는 네 의지다. 그걸 정하는 것은 남들의 이야

기가 아니라, 네 스스로의 마음이야."

"그 남자는 당신을 도우라고 했어요. 당신을 도와서 혈교를, 군사님의 모든 것을 망치라고요."

"⋯⋯!"

암후의 대답에 현월은 적잖이 놀랐다. 자신을 죽이라고 했다면 모를까, 설마 도우라는 암시를 새겨놓았을 줄은 꿈에도 몰랐던 것이다.

그러나 다시 생각해 보니, 그 미치광이라면 그럴 만도 하다는 생각이 들었다.

또한 그녀가 주저하고 혼란스러워했던 것도 이해가 됐다. 하기야 단순히 현월을 죽이라는 암시였다면, 주저할 것 없이 그대로 따르고도 남았을 것이다. 애초에 그녀는 유설태를 흠모하고 있었으니까.

'그렇다는 것은⋯⋯.'

"하지만 당신의 말을 듣고 생각이 바뀌었어요. 당신이 옳아요. 따르고 말고를 결정하는 것은 나 자신이에요."

현월은 내심 쓴맛을 느꼈다.

만약 조금 전, 놈의 말을 따르라고 했다면 그녀는 어떻게 반응했을지 궁금했다.

'어쩌면 제갈철은 이것까지 계산에 넣었던 것인지도 모른다.'

스릉.

암후의 장검이 맑은 울음을 토했다. 현월 또한 재차 긴장하며 현인검의 검병을 다잡았다.

"갑니다."

암살자와는 어울리지 않는 한마디. 하지만 다시 생각해 보면 암황의 후예다운 한마디이기도 했다.

스스스스.

암후의 신형이 어둠 속에 녹아들었다. 처음부터 전력을 다하겠다는 의미. 현월 또한 호흡을 가라앉히고 신형을 어둠에 동화시켰다.

두 개의 어둠이 서로를 향해 몰아쳤다.

*　　　*　　　*

"나를 풀어다오."

고저 없는 음성에 흑련의 시선이 옆으로 향했다.

"나를 묶고 있는 결박을 풀어다오."

청랑의 음성은 담담했다.

애걸복걸하는 사람 특유의 절박함과 간절함은 전혀 보이지 않았다.

그저 그랬으면 한다는 듯한 어조였던 것이다.

그렇다 하여 들어줘야 하는 것은 결코 아니었지만.

"내가 왜 그래야 하지?"

날이 선 흑련의 대꾸에도 청랑은 흔들리지 않았다.

"그 편이 네게도 좋을 테니까."

"그건 또 무슨 뜻이지?"

"나는 한 사내를 만났다."

청랑은 지그시 눈을 감았다.

"내가 너희들, 중원인의 영역에 들어서고 얼마 지나지 않아서 그자는 기다렸다는 듯 내게 다가왔지. 그리고 소천호에 대한 이야기를 늘어놓았다."

또 소천호, 그자인가. 흑련은 아미를 찌푸렸다. 그 소천호라는 자는 대체 누구란 말인가?

잠시 잊고 있던 기억이 뇌리를 스친 것은 바로 그때였다.

"아."

흑련이 나직하게 탄성을 토했다.

그날.

무림맹 본부가 초토화되고 무림맹주가 행방불명되었던 날. 이 모든 전란의 시발점이라 해도 과언이 아닐 그날.

그 모든 게 끝나고 난 이후의 새벽.

현월은 흑련에게만 그날의 자초지종을 설명했었다.

물론 몇 가지 진실을 누락시키기도 했지만, 이것 하나만큼은 분명했다.

'그와 또 다른 고수 한 명이 무림맹주와 독대했었다.'

그녀는 이와 관련된 또 다른 정보들을 떠올렸다. 무림맹 본부를 습격한 자는 귀신같은 활의 달인이라고 했다. 그리고 흑련이 알기로, 현월은 단 한 번도 그녀나 다른 이들 앞에서 활을 쓴 적이 없었다.

'게다가……'

그녀의 시선이 방 한 구석으로 향했다.

그곳에는 현월의 검격에 의해 쪼개진 활이 덩그러니 놓여 있었다.

청랑의 활. 초원을 누비는 전사들의 활이었다.

그 적수 또한 명궁이라는 것쯤은, 구태여 머리 굴려 유추할 것도 없는 사실.

흑련은 깨어져 있던 조각들이 머릿속에서 조금씩 맞춰지는 듯한 느낌을 받았다.

"생각해 보면 이상한 것투성이였다. 놈은 어떻게 내가 중원에 들어선 것을 알았으며, 어떻게 내가 소천호의 숙적이라는 것을 알았을까."

청랑의 음성이 이어졌다.

"처음에는 중원의 정보 집단이 수를 썼다고 생각했다. 하지만 이제 와 생각해 보면 말도 안 되는 소리였다. 그렇게 모든 것을 꿰고 있는, 실로 귀신과 같은 정보 집단이 존재할 리 없었으니까."

흑련은 내심 고개를 끄덕였다.

이는 중원 제일을 자부하는 암류방의 정보력으로도 불가능한 일이었기에.

문자 그대로, 귀신과 같은 자가 아니고서야 알 수 없는 일이었다.

"그자는 내게 여남을 찾아가라고 했다. 그곳에 소천호를 죽인 자가 있을 거라고 했지."

"……!"

"하지만 이제 와 생각해 보면 그게 아니었다. 소천호를 죽인 자는 여기에 있었던 게 아니야."

청랑이 뿌득 소리가 나도록 이를 악물었다.

"바로 그놈이 소천호를, 나의 숙적을 죽인 자였던 것이다!"

흑련의 머릿속은 혼란 그 자체였다.

현월은 유설태나 혈교 이상의 적이 있다는 이야기를 넌지시 한 적이 있었다. 어쩌면 지금 청랑이 말하는 자가 그와 밀접한 관계를……

'아니, 어쩌면이 아니야!'

청랑이 말하는 자와 현월이 말했던 자, 두 존재는 아마도 동일 인물일 터.

흑련의 손끝이 가늘게 떨렸다. 청랑의 눈동자는 이를 놓치지 않았다.

"네가 흠모하는 사내는, 어쩌면 지금쯤 큰 위험에 직면했을지도 모른다. 지금이 아니라 하더라도 조만간 직면하게 될 테지."

"……."

"그때는 너희에게도 내 도움이 필요할 것이다. 그러니 지금 나를 풀어다오. 내가 다시 싸울 수 있도록 나를 풀어주고 치유해 다오."

흑련은 지그시 입술을 깨물었다.

현월은 그녀에게 청랑이 죽지 않도록 기본적인 치료만 하라고 했다.

또한 자신이 돌아오기 전까진 결박을 풀지 말라고도 했다.

'하지만…….'

청랑이 내뱉은 말들과 자신의 추측이 진실이라면, 최대한 빨리 그를 풀어주고 치료하는 편이 나을 터였다.

지금은 현월에게 도움이 될 만한 자들이 조금이라도 더 필요했으니까.

'하지만……!'

흑련은 세차게 머리를 휘저었다.

"당신이 배신하지 않을 거라고 어떻게 장담하지?"

"지금까지 내가 한 말들을 믿지 못하는 것인가?"

"그렇다고는 하지 않았어. 하지만 완전히 믿을 수도 없어. 난 그렇게까지 순진해 빠지지 않았으니까."

청랑은 별다른 표정 변화를 보이지 않았다.

"이해한다. 내가 네 입장이었어도 그렇게 말했을 테니."

"…그자에 대해서는 얼마나 알고 있지?"

"그다지 많지는 않다. 그나마 얼굴은 완벽하게 기억하고 있지만."

"외관에 대한 기억은 그다지 도움이 되지 않아. 그자가 역용이나 변장을 했을 가능성도 무시할 수 없으니까."

"그건 옳은 말 같군. 그렇다면 지금으로서 내가 도움이 될 만한 부분은 하나뿐일 것이다."

"하나뿐이라면?"

"나는 강하다. 그리고 내게는 강한 동지들이 많이 있지."

청랑은 약간의 자부심마저 느껴지는 어조로 말했다.

"나를 풀어준다면 그 힘을 너희에게 보탤 수 있을 것이다."

"왜 그렇게까지 우리를, 그를 도우려는 거지?"

짧은 침묵을 뒤로 한 채 청랑이 반문했다.

"그자의 이름은?"

흑련은 잠시 주저하다가 말했다.

"현월."

"내가 그자, 현월을 왜 죽이려 했는지는 알고 있겠지?"

"그래."

"그때와 같은 이유로, 나는 현월을 도울 것이다."

청랑은 입을 다물었다.

기실 내상이 그다지 아물지 않은 상태였기에, 짧은 대화만으로도 그의 얼굴은 흥건하게 젖은 뒤였다.

흑련은 입술을 깨문 채 고민했다.

'지금 이자를 풀어준다면…….'

단순히 손발을 결박한 밧줄을 끊는 것만으로 끝날 일이 아니었다.

청랑으로 인해 현검문은 관부에도 상당한 빚을 졌던 것이다. 그리고 흑련은, 비록 현월이 후사를 맡겼다고는 하지만 현검문과 관부를 무시할 정도의 재량을 지니진 못했다.

"잠시만 기다려 줘. 나 혼자서는 결정할 수 없는 문제야."

"알겠다."

홀가분히 대답한 청랑의 숨소리가 이내 희미해졌다. 거의 혼절하다시피 잠든 듯했다.

한숨을 내쉰 흑련이 잠시 청랑의 상태를 점검했다. 잠든 척하고 그녀가 자리를 비운 틈을 타 탈출하려는 것일지도 몰랐기 때문이다.

하지만 청랑은 정말로 잠들어 있었다. 몸 상태 또한 결코 좋다고는 할 수 없었다.

그럼에도 두어 차례 더 꼼꼼하게 확인을 한 뒤에야 흑련은 방을 빠져나왔다.

그녀는 우선 유화란과 제갈윤을 만나 자초지종을 설명했다. 홀로 결정할 수 없는 일이라면 다수와 상의하는 것이 정답이라는 생각에서였다.

"위험한 자가 위험한 제안을 했군요."

제갈윤이 한마디로 평했다.

"정말 그렇다고 생각하세요?"

유화란의 물음에 제갈윤은 고개를 끄덕였다.

"그렇다고밖엔 생각할 수 없지 않겠습니까? 비록 현검문주의 재량 덕분에 우리가 거두기는 했습니다만, 어디까지나 청랑 그자는 국가의 적입니다."

"아."

"그가 데려온다는 동지들 또한 뻔한 것 아니겠습니까? 중원의 사정에 무지하여 무턱대고 암제님을 찾아온 자가, 설마 중원인을 친구로 두었을 리는 없으니 말입니다."

흑련은 느릿하게 고개를 끄덕였다. 이제야 청랑의 말이 의미하는 바가 좀 더 와 닿는 듯싶었다.

결국 그는 다수의 몽골인을 데리고 돌아오겠다고 제안한 것이다.

"일이 잘 풀린다면 모르겠습니다만, 자칫 상황이 꼬일 경우엔 돌이킬 수가 없습니다. 몽골인 한 명이야 어찌 무마할 수 있을지 모르지만, 다수의 몽골인이라면 얘기가 달라지니까요."

"최악의 경우엔, 관부가 현검문이나 암월방을 역적 집단으로 규정할 수도 있겠군요."

유화란의 음성이 가늘게 떨렸다.

무림인이 강하니 뭐니 해봐야 관부의 힘엔 미치지 못한다.

개인은 집단을 이길 수 없으며 소수가 다수를 이기지 못한다는 것은 대체로 옳은 편이었던 것이다.

"뭐, 최대한 노력한다면 얘기가 달라질 수도 있긴 하겠지요."

"노력이라고요?"

"예. 달리 말하자면 뇌물과 향응이 되겠지만 말입니다."

농담조인 제갈윤의 말에도 흑련과 유화란은 표정을 풀 수가 없었다.

"어쨌든 우리끼리 정하기는 어려운 문제 같네요."

유화란의 말에 흑련이 고개를 끄덕였다.

"차라리 현검문주께 직접 여쭤 보는 것은 어떻겠습니까?"

제갈윤이 말했다. 그 말에 두 여인이 멍한 표정을 지었다.

"그게 무슨… 그랬다간 어떤 일이 벌어질지는 뻔할 텐데요?"

"글쎄요. 제 생각은 그렇지 않습니다."

제갈윤은 농담기를 쏙 뺀 진지한 어조로 말했다.

"오히려 두 분이야말로 현검문주의, 암제님의 춘부장을 너무 과소평가하신 게 아닌가 싶습니다만."

"그게……."

"무슨 뜻이죠?"

제갈윤은 대답 대신 서신 하나를 꺼내어 상 위에 올려놓았다.

그것을 집은 흑련이 속독으로 내용을 읽어 내렸다. 그와 함께 그녀의 표정이 빠르게 변화했다.

"이건……!"

"현검문주께서 보내신 서신입니다."

뒤늦게 흑련으로부터 서신을 건네받은 유화란 또한 흠칫했다.

서신의 내용은 단순했다.

앞으로도 아들을 잘 부탁한다는 전형적인 인사.

그러나 그 대상이 암월방이며 보낸 이가 현검문주라면 얘기가 달랐다.

"언제부터 알고 계셨던 걸까요?"

서신을 내려놓은 유화란의 말에 제갈윤은 어깨를 으쓱였다.

"글쎄요. 아마도 최근의 일이 아닐까 싶습니다. 하긴 생각해 보면 오히려 제법 오랫동안 숨겨 왔다고 봐야겠지요."

여남이 작지 않은 도시라고는 하나 일주(一州)를 뒤흔들 정도의 고수를 둘씩이나 품을 만한 곳은 결코 되지 못했다.

한데 그 도시 안에서 현월과 암제라는 두 고수가 공존해 온 것이다.

물론 어지간한 사람들은 의심을 품지 않을 터였다. 암제에 비해 현검문주의 아들은 크게 이름을 떨칠 만한 활약을 펼친 적이 없었으니까.

'하지만……'

현월과 가까운 사람이라면 얼마든지 의심해 볼 만했을 터. 오히려 솟구치는 의심을 애써 가라앉히느라 애를 써야 했는지도 모른다.

어찌 되었든 현검문주 현무량은 아들의 이중생활에 대해 알게 되었다.

다만 그럼에도 이러한 서신을 보냈다는 것은, 아들의 행보를 인정한다는 의미일 터였다.

"제가 아는 현검문주께선 전형적인 협자세요. 그런 분이 흑도를 인정하셨다는 것은 의미가 크다고 생각해요."

유화란의 말에 제갈윤이 맞장구를 쳤다.

"그렇겠지요. 고지식한 분이 나름대로 결단을 내리신 것일 테니."

"어쨌든… 모든 것을 알게 됐다면 대화하기는 한결 편하겠 군요."

흑련의 말에 두 사람의 시선이 집중됐다.

"현검문주와 상의하실 생각입니까?"

"네."

흑련은 마음을 정한 듯 고개를 끄덕였다.

"청랑의 실력은 중원의 기준으로도 분명 수위를 다툴 거예 요. 그자의 동지들 또한 크게 뒤처지지는 않겠죠. 현 시점에 서는 구파일방이라 해도 그 정도의 전력을 지니지는 못했을 거예요."

"하지만……."

"관부와 문제가 생길 소지가 크다는 점은 인정해요. 하지 만 그 정도 위험을 감수하지 않고는 우리의 생존을 장담할 수 없어요."

유화란과 제갈윤이 표정을 굳혔다. 두 사람 모두 흑련이 단 순히 혈교도에 대해서만 말하고 있는 게 아니라는 것을 알고 있었다.

"관부와의 갈등은 나중 문제예요. 지금 가장 중요한 것 은……."

'그 사람의 안위예요.'

그 말이 목구멍까지 치솟았지만 흑련은 애써 삼켰다. 지금 그 말을 했다간 얼굴을 붉히게 될 것 같았기 때문이다.

"그 사람의 안위라는 거죠."

유화란이 낚아채듯 말했다.

흑련이 잠시 멍한 눈으로 바라보자 그녀가 빙긋 웃어 보였다.

"안 그래요?"

"그… 렇죠."

"그렇다면…….."

제갈윤이 정리하듯 말했다.

"현검문주와의 담판은 어느 분이 내시겠습니까?"

두 여인이 약속이라도 한 듯 제갈윤을 돌아봤다.

"그야 당연히."

"총관께서 하셔야죠."

"저 말입니까? 하지만…….."

"저는 암살자, 일문의 문주 되시는 분과 제대로 된 담판을 낼 위치가 되지 않아요."

흑련이 단호하게 말하자 유화란도 동조하듯 말했다.

"저도 말주변이 그리 훌륭하진 않고요. 그러니 결국 남은 것은 총관뿐이죠."

"하지만…….."

"부탁드려요."

두 여인의 협박 아닌 협박에 제갈윤은 결국 무거운 한숨을 토해냈다.

"결국 덤터기를 쓰는 것은 제 몫이란 거군요."

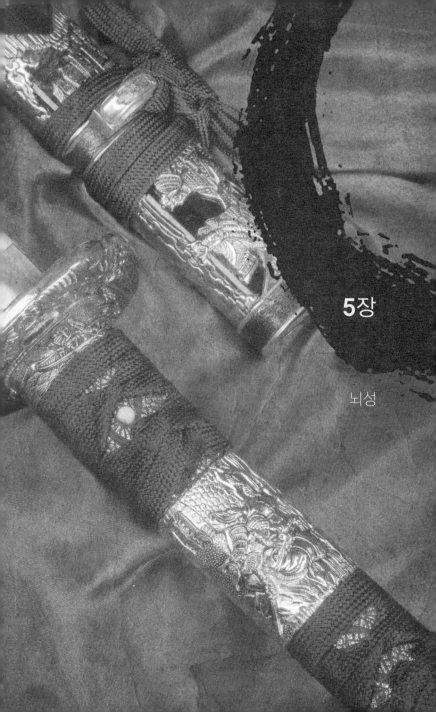

5장

뇌성

쿠구구구구.

먼 방향으로부터 뇌성과도 같은 소리가 들려왔다. 그 소음
이 들려왔을 때, 진영 내의 거의 모든 고수는 온몸의 털이 쭈
뼛 서는 듯한 느낌을 받았다.

투현왕 장원혈 또한 마찬가지였다.

"이것은……!"

기척이 느껴지는 것은 아니었다. 고수의 기감으로도 조금
거센 바람이 몰아친다고만 느껴질 따름이었다. 그러나 장원
혈은 본능적으로 알 것 같았다.

저 멀리 어딘가에서 고수들이 맞붙고 있다는 것을.

"으음……!"

단전을 중심으로 온몸의 피가 역류하는 듯한 기분. 당장 뛰쳐나가 주먹을 맞부딪치고 싶었다.

철없던 시절 이후로는 사라졌다고 생각했던, 무인으로서의 호승심이 뒤늦게 장원혈을 충동질했다.

유설태 또한 이상을 느끼고는 침음을 흘렸다. 다만 장원혈과는 다른 의미로 당혹감을 느꼈는데, 뇌성이 들려온 방향이지천절마진의 심장부였기 때문이다.

'설마… 이렇게 내부까지 아무런 방해도 없이 침투했단 말인가?'

도저히 믿기 힘든 일이었다. 단순히 잠행술만 뛰어나다고 될 일이 결코 아니었던 것이다.

이는 잠행술뿐 아니라 진법에 대한 높은 이해도가 없이는 불가능한 일이었다.

'그리고 놈은 해냈다.'

유설태는 피가 나도록 주먹을 꽉 쥐었다. 대체 얼굴 한 번본 적이 없는 이 암살자는, 얼마나 많은 재능과 기술을 지니고 있단 말인가?

어찌 됐든 대응을 해야만 했다. 유설태는 전령에게 명령을 내리기 위해 자리에서 일어섰다.

그러나 그 이상의 행동을 취하지는 못했다.

굳은 얼굴로 앞을 가로막은 장원혈 때문이었다.

"이건 무슨 의도요, 투현왕?"

"인정하시오, 유설태."

"무엇을 인정하란 말이오?"

"그대의 진법은 실패했소."

유설태는 미간을 일그러뜨렸다. 비록 적을 내부로 침투시켰다고는 하나, 지천절마진의 묘리라면 충분히 대응하는 게 가능했던 것이다.

한마디로 아직 시작도 하지 않은 것인데, 벌써부터 실패했다고 단정을 하다니.

그 무례는 물론이고, 손님인 주제에 주인에게 간섭하려 드는 무례함 역시 참기 어려운 일이었다.

"자신의 입장을 생각하시오, 투현왕. 지금 그대가 이러는 것이 옳은 일이라고 생각하시오?"

"후후후, 입장이라?"

실소를 머금은 장원혈의 얼굴이 비릿하게 일그러졌다.

"그 말이 옳을지도 모르지. 하지만 그대 또한 잘 모르는 것 같구려."

"무엇을 말이지?"

"자신이 거느리는 자들의 습성."

"그게 무슨……?"

유설태는 이내 입을 다물었다. 그의 기감에, 일련의 무리가 이동 중인 것이 느껴졌던 것이다.

'유격대인가?'

지천절마진의 유동성을 높이기 위해 편성해 놓은 유격 부대. 그들이 반사적으로 반응하여 움직인 것일까?

그러나 기감에 집중해 보니 그게 아니었다.

뇌성에 호응하여 움직인 것은 가장 가까운 위치에 있던 분절이었다.

그리고 동시에, 지금 상황에선 절대 움직여선 안 되는 이들이기도 했다.

"으음."

유설태가 침음을 흘리는 가운데, 장원혈은 그것 보라는 듯 웃었다.

"애초에 생각이 짧았던 것이오. 제대로 훈련되지도 않은 진법을 무턱대고 펼친 것이 귀하의 첫 번째 실수요, 기염이 끝까지 치솟은 부대를 전진시키지 않은 것이 두 번째 실수였소."

"……."

"싸우고 싶어 안달난 자들을 억눌러 놓기만 했으니, 자그만 자극에도 곧장 튀어나갈 수밖에."

유설태는 대꾸하지 않았다. 대신 거칠게 장원혈을 밀치고는 천막 밖으로 걸어 나갔다.

장원혈 또한 개의치 않았다.

"그럼 나도 슬슬 가봐야겠군."

"가보다니, 어딜 간단 말이오?"

"뻔한 것 아니겠소? 귀하가 그렇게나 겁을 집어먹은 저 암살자 놈이 과연 어느 정도의 실력인지 확인을 해봐야지."

"그대까지 군율을 어지럽히겠단 말이오?"

"군율이라……. 딱딱한 소리를 하시는군. 애초에 여긴 군대가 아니오. 강하다는 점을 제외하면 그저 무뢰배에 불과한, 무림인이란 것들의 집단이란 말이오."

말을 마친 장원혈이 픽 웃었다.

"게다가 나는 귀하의 말마따나 손님에 불과하지 않소? 손님이 변덕 좀 부린다고 너무 열을 내진 마시구려."

"투현왕!"

"그럼."

장원혈은 뒤도 돌아보지 않고 신형을 날렸다. 그 모습에 유설태는 머릿속이 끓어오르는 것을 느꼈다.

"빌어먹을!"

거칠게 욕설을 내뱉는 유설태의 뒤로 또 하나의 신형이 나타났다.

만박서생 유숭이었다.

"뭐, 상관없지 않겠습니까? 어쨌든 투현왕의 무위는 제법 쓸 만한 수준이니, 의외로 도움이 될지도 모릅니다."

"…진을 재구축할 수 있겠는가?"

"아랫것들을 닦달하면 불가능하지는 않겠습니다만, 이제 와서 굳이 그럴 필요가 있겠습니까?"

유숭이 먼 방향을 손으로 가리켰다.

"놈은 제 발로 이곳에 걸어 들어왔습니다. 수천 혈교도가 이를 갈고 있는 함정의 한복판으로 말입니다. 우리로선 더 이상 바랄 나위가 없지 않겠습니까?"

"그놈이 위험한 자라고 경고했던 것은 자네였네."

"그랬지요. 하지만 궁주님의 반응은 지나칠 정도로 강박적입니다."

"나도 내가 왜 이러는지 모르겠군."

유설태는 한숨을 내쉬었다.

"이런 말을 하면 우스울 테지만, 나는 저 이름도 모르는 놈이야말로 우리의 무림 정벌에 있어 가장 큰 장해물이라고 생각하네."

"……"

"정말로 웃긴 것은 그 이유를 설명할 논리적인 이유가 없다는 것이지."

"다만 느낌이 그렇다는 말씀이군요."

"그래. 어찌 됐든……."

유설태는 먼 어둠을 응시했다. 어찌 보면 아련하고 어찌 보면 분노 어린 시선으로.

"오늘 밤 이 악연이 끝날 것이야."

* * *

스륵. 슥. 스슥!

어둠 속에서 이따금 별빛이 번뜩인다.

그럴 때마다 일진광풍이 몰아쳐 주변의 수풀을 허공 높이 띄워 올렸다.

가끔 그 광풍 사이로 벽력이 번뜩이며 나무와 바위가 거짓말처럼 잘려 나갔다.

그 와중, 유난히 밝게 떠오른 달이 구름을 벗어나 대지를 비췄다.

그와 동시에 어둠으로부터 자그만 인영 하나가 토해지듯 떨어져 나왔다.

투투툭!

인영으로부터 적지 않은 액체가 떨어져 수풀을 적셨다. 순간 사방으로 퍼지는 비릿한 냄새.

암후는 왼손을 들어 피 묻은 입가를 슥 문질렀다.

현월은 무감정한 눈으로 그 모습을 바라봤다.

비스듬하게 늘어진 현인검의 검신 끝에는 핏방울이 아롱져 있었다.

'어깨와 옆구리, 두 곳인가.'

치명상은 아니지만 타격을 주기엔 충분했다. 특히 옆구리에 먹인 일격은 내상 또한 유발했을 것이다.

물론 암천비류공 특유의 재생력 덕에 상처 자체는 이미 치유되었을 테지만.

암후의 호흡 또한 빠르게 가라앉고 있었다.

현월은 새삼 그간의 적들이 자신을 어떻게 생각했을지 알 것 같았다.

'숨통을 일격에 끊어야 한다.'

현인검을 쥔 오른손에 자기도 모르게 힘이 들어갔다. 그것을 보기라도 한 것인지 암후가 대뜸 입을 열었다.

"초조해하고 있군요."

"……."

"혈교의 무공을 익혔으면서 어째서 군사님을 해하려는 것이죠?"

"시간이라도 끌려는 거냐."

"예."

담담히 인정하는 암후의 말에 현월은 하마터면 실소할 뻔했다.

  "어처구니없군. 시간을 끌어 원군이라도 도착하면 나를 해치울 수 있을 것 같나?"

  "그렇지 않아요."

  "그럼 네 목숨이라도 구명할 수 있을 것 같나?"

  "그렇지도 않아요."

  "한데 왜 쓸데없는 짓을 하지?"

  암후는 흔들림 없는 얼굴로 대답했다.

  "최소한 그동안은 군사님이 안전하실 테니까요."

  으득.

  현월은 반사적으로 이를 악물었다.

  그냥 무시해 버리려던 애초의 생각은 분노와 함께 희석되어 버렸다.

  "대체 왜지? 왜 그렇게 그 개자식의 편을 들려고 하는 거지?"

  "오히려 제가 묻고 싶어요. 대체 왜 그렇게 군사님을 해하려는 거죠?"

  "그놈이 날 속이고 배신했으니까!"

  쩌렁쩌렁한 외침을 내뱉고 난 현월이 쯧 하고 혀를 찼다.

  이래서야 나 여기 있다고 고래고래 광고하는 꼴이나 다름

없지 않은가.

하지만 이내 개의치 않기로 했다. 어차피 위치는 이미 들통 났을 테니까.

얼마나 많은 적이 몰려오든 상관없기도 했다. 지금은 그저 모조리 도륙을 내버리고 싶을 따름이었다.

암후의 눈동자가 미세하게 흔들렸다.

"그분이… 어떻게 당신을 배신했다는 거죠? 그분은 당신의 이름조차 몰라요."

"넌 알 것 없다."

현월은 그냥 그렇게만 대꾸했다.

회귀하기 전의 시시콜콜한 이야기들을 구태여 설명할 필요는 없었으니까.

"오히려 너야말로 이해가 안 가는군. 네 몸 상태가 어떤지는 알고나 있는 건가?"

조금 전 수차례 검을 맞대어 보고 나니 확신할 수 있었다. 암후의 육체는 강제적인 각성과 성장의 반복으로 인해 완전히 엉망진창이 되어 있었다.

애초부터 그녀는 현월의 대용품에 지나지 않았다. 한마디로 이전처럼 현월이 유설태의 곁에 있었다면 결코 쓰이지 않았을 몸이라는 뜻이었다.

그런 결함품을 억지로 각성시키고는 암천비류공을 쑤셔

박아 놓았다.

그렇다 보니 제대로 맞물리지 않은 태엽처럼 자꾸만 삐걱 거릴 수밖에 없는 것이다.

지금 살아 있는 것만으로도 기적이었다.

이건 단순히 유설태나 다른 혈교도들의 능력만으로 가능 한 일이 아니었다.

'제갈철 그자인가.'

그 외에는 떠올릴 만한 가능성이랄 게 없었다. 현월은 약간 의 동정심과 분노를 담아 암후를 노려봤다.

"너도 알고 있을 테지. 자기 몸은 자기가 가장 잘 아는 법 이니까."

"……."

"지금의 넌 언제 죽어도 이상할 게 없다. 그리고 널 그런 몸으로 만든 것이 유설태 그놈이다. 그런데도 넌 놈을 옹호하 겠다는 건가?"

"그래요."

"어째서지?"

"군사님은 제게 손을 내밀어 주셨으니까요."

담담한 암후의 어조. 현월은 그 순간 오랫동안 잊고 있던 기억을 떠올렸다.

첫눈이 내리는 날이었던가.

녹림맹 무리의 습격을 받아 완전히 전소되어 버린 현검문의 장원.

모든 것이 불타 스러진 그곳에서 현월은 까맣게 불타 버린 시체의 손을 꾹 쥐고 있었다.

형체를 알아볼 수 없을 정도였지만 현월은 그게 누구인지 알 수 있었다.

시체의 손목에 채워져 있던, 조약돌을 엮어 만든 팔찌는 현월 본인이 선물한 것이었으니까.

여동생, 현유린의 시체를 품에 안은 채 현월은 오열했다.

유설태는 그때 현월을 찾아왔다. 모든 것을 잃고 정신이 완전히 망가져 버렸을 때, 더 이상 세상 천지에 의지할 곳 하나 없어졌을 때.

절망에 빠져 있던 그때, 그가 손을 내밀었다.

'이 아이에게도 같은 수법을 썼더냐.'

현월은 조소를 머금었다.

유설태의 진의를 저 멍청한 계집애가 과연 알기나 할까 싶었다.

'하기야 상관없을 테지.'

죽기 직전이라면 썩은 동아줄이라도 잡을 수밖에 없는 것이 인간이다.

당시의 현월 또한 그녀와 다를 것이 없었으니, 그녀를 비웃을 처지는 아닐 터였다.

"군사님을 해치게 두지 않겠어요."

힘이 실려 있는 암후의 말에 현월은 입가의 쓴웃음을 완전히 지웠다.

"나는 놈을 죽일 것이다."

두 사람은 다시 기수식을 취하고는 대치했다. 하지만 곧바로 전투를 재개하지는 못했다. 아까와는 조금 상황이 달라졌던 것이다.

파바바밧!

현월은 쇄도하는 수십의 인영을 감지할 수 있었다.

마치 온몸의 잔털이 한데 곤두서는 듯한 느낌.

무려 백여 장 너머의 거리로부터 수십 자루의 병장기가 자신을 겨냥한 채 다가오고 있는 것이 느껴졌다.

'내 기감이 이 정도였나?'

현월은 재차 자신의 무위가 어느 정도 수준인지를 실감했다. 어둠 속에서 온몸의 감각을 강화시켜 주는 암천비류공 특유의 공능을 제하더라도, 현월의 오감은 충분히 초월적인 수준에 이르러 있었다.

암후 또한 뒤늦게 아군의 접근을 깨닫고는 움찔했다. 다른 때라면 안도감을 느꼈을 테지만, 지금은 오히려 반대일 수밖에 없었다.

대개 이런 경우, 다수의 아군은 도움보다는 방해물이 될 가능성이 농후하기 때문이다.

그리고 현월은 이 기회를 놓치지 않았다.

팟!

그야말로 한순간. 현월의 신형이 잽싸게 암후를 스쳐 지나갔다. 암후가 반사적으로 움찔거린 찰나가 현월에게 기회를 제공한 셈이었다.

"크……!"

뒤늦게 상체를 반전시키며 검을 뻗었으나 칼날 끝은 애꿎은 허공만 베고 말았다.

그사이 현월의 신형은 암후와 이십여 장의 거리를 벌리고 난 뒤였다.

6장

복수 이후에 남는 것

"하하하!"

장원혈은 앙천대소를 터뜨렸다.

온몸의 피가 용암처럼 들끓어 올랐다. 감각은 칼날처럼 예민해져서 수십 장 너머 풀잎 사이로 스치는 바람 소리까지 감지할 수 있을 지경이었다.

그야말로 온몸이 완벽한 전투태세를 구축했다고 할 수 있을 터였다.

그런 그의 정면으로, 적이 쇄도해 오고 있었다. 이만큼이나 피가 끓고 흥분되는 상황은 없을 터였다.

적의 모습은 보이지 않았다.

희미한 별빛마저 삼켜 버린 듯한 어둠만이 전방의 공간을 잠식하고 있을 뿐.

평소라면 이까짓 어둠쯤은 장원혈의 시야를 방해할 수가 없을 터였지만 지금만큼은 상황이 달랐다.

칠흑조차 꿰뚫어 보는 초고수의 안력조차 무력화하는 어둠이라니.

마치 자연적으로 생겨난 것이 아닌, 인위적으로 생겨난 게 아닐까 싶었다.

그리고 아마도 그 추측은 옳을 터였다.

적이 저 앞에 있다.

그것은 다른 이들도 동감하는 바일 것이었다. 기실 침입자의 존재감에 이끌려 이곳으로 신형을 날린 것은 장원혈 한 명뿐만이 아니었다.

"제기랄! 시야가 확보되지 않는다."

"횃불을 가진 자는 없는가!"

어느 혈교도의 외침에 장원혈은 픽 비웃음을 머금었다.

애초에 그들은 솔개보다도 빠르게 허공을 날아가는 중이었다

횃불 따위를 피워 봐야 몰아치는 바람에 삽시간에 꺼져 버릴 터였다.

더군다나 저런 인위적인 어둠이 횃불 정도에 어둠이 물러날 거라는 생각도 들지 않았다.

'어찌할까.'

장원혈은 생각했다.

택할 수 있는 선택지는 둘.

냅다 달려가서 침입자와 일전을 벌이거나, 피라미들을 먼저 보내 침입자의 실력을 확인하는 것이었다.

평소의 그였다면 후자를 택했을 것이다.

단순한 혈기에 휩쓸려 무턱대고 행동했다간 목이 날아가기 딱 좋다는 것을, 수십 년간 흑도를 걸어오며 뼈저리게 깨우쳤던 까닭이다.

세상에 무적의 존재는 없다.

천하무쌍의 무인조차 사소한 실수에 목숨을 잃을 수도 있는 것이 강호이며 인생이었다.

하지만 지금은 상황이 달랐다.

혈교 놈들이 미덥지 못하기도 하거니와, 끓어오르는 혈기를 도무지 억누를 수가 없었다.

게다가 이곳은 아군의 마당이나 다름없는 곳.

혹여나 불리한 상황에 처하더라도 지원받을 수 있으리란 계산이 뒤따랐다.

그사이 전방의 어둠이 크게 일렁였다.

"그곳이더냐!"

장원혈은 내달리던 기세를 그대로 살려 권격을 출수했다. 투현살권의 일초인 섬천암(纖川巖). 속도와 파괴력에 집중한 극도로 단순한 일초였다.

하나 단순함이 약함을 뜻하진 않는 법. 장원혈의 권격은 능히 천하일절이라 불릴 만했다.

화악!

안개처럼 자욱이 깔려 있던 어둠이 거짓말처럼 흩어졌다. 그리고 그 사이로 나타난 하나의 인형.

"거기로구나!"

장원혈은 희열에 찬 외침을 뱉으며 그대로 짓쳐 나갔다.

때마침 권격의 진로 또한 놈으로부터 크게 빗겨 나가 있지 않은 상태.

두어 번 땅을 차내는 것만으로도 어렵지 않게 놈의 심장부를 겨냥할 수 있었다.

현월은 크게 놀라지 않았다.

어차피 이곳은 적의 소굴. 혈교의 고수들이 즐비한 곳인 만큼 전투 없이 유설태에게 다다를 수 있으리란 희망은 애초부터 품은 적이 없었다.

다만 적의 권법이 낯설다는 것은 조금 의외였다.

'혈교도가 아닌가?'

설령 그렇다 하더라도 적인 것은 마찬가지.

게다가 권격 또한 상당히 날카로운 것이, 결코 하수라 볼 수 없는 인물이었다.

쉬잇!

화살처럼 찌르고 들어오는 우권에 현월은 상체를 크게 뒤트는 동시에 현인검을 역수로 쥐었다. 동시에 돌진하는 속도를 한층 높였다.

카가가각!

두 인형이 스쳐 지나가며 흘러나온 것은 금속과 바위가 마찰하는 듯한 소리였다. 그 뒤로 장원혈의 옷가지가 갈가리 찢겨 흩날렸다.

"쳇!"

장원혈이 신경질적으로 혀를 찼다. 자신은 유효타를 먹이지 못했고, 적의 칼날만이 오른팔을 스치듯 갈라냈다. 오른팔이 쓰라린 것은 그 때문이었다.

현월 또한 내심 놀랐다.

칠성에 가까운 내공을 담은 검격이었거늘, 적의 팔을 잘라내는 데에 실패한 것이다.

'금강불괴, 혹은 그에 준하는 외공.'

현월의 입장에선 비교적 까다로운 유형이었다. 내부에 직접적인 영향을 줄 수 있는 내가중수법이나 절독 등은 현월과는 거리가 멀었던 것이다.

때문에 선택해야 할 필요가 있었다.

'이자를 해치우고 가든가, 무시하고 가든가.'

고민은 그리 오래 걸리지 않았다.

이대로 계속해서 싸웠다간 아무래도 쉽사리 결착이 날 것 같지 않았다.

전력을 다한다면 또 모르겠지만…….

'지금은 아껴둔다.'

아직 유설태의 그림자조차 보지 못했다. 여기서 가진 패를 모두 꺼낼 수는 없었다.

생각을 마친 현월이 땅을 박찼다.

그대로 무시하고 내달릴 것임을 간파한 장원혈이 부득 이를 갈았다.

"건방진!"

현월의 뒤통수를 향해 짓쳐 드는 장원혈.

깍지 낀 두 손을 망치처럼 내리찍는 일격이었으나, 애꿎은 허공만 가르고 말았다.

그사이 현월은 이미 십여 장 넘게 질주해 나갔던 것이다.

'빠르다!'

장원혈은 순간 어처구니가 없었다.

그제야 자신의 첫 공격에 상당한 행운이 따랐다는 것을 알 수 있었다.

그대로 질주하는 현월.

그러나 이번엔 다른 혈교도들이 앞을 가로막았다. 장원혈과 더불어 이곳까지 달려온 이들이었다.

하지만…….

'뚫고 나간다.'

애초에 그들은 장원혈보다도 경신술이 뒤떨어지는 자들. 그들이 현월의 상대가 될 리 만무했다.

현월은 순간 바람으로 화했다.

사사사삭!

밤하늘 아래로 칼바람이 몰아쳤다.

미약한 월광이 검신에 반사될 때마다 뜨끈한 피가 솟구쳐 올랐다.

"크윽!"

"커헉!"

혈교도들이 몸 곳곳에서 피를 분출하며 쓰러져 나갔다.

신묘한 수법이나 극상의 기술도 없었다. 그저 기본적인 검격으로 하나하나 베어 넘길 따름이었다.

그러나 그 경지가 궁극에 다다르니, 마치 한순간에 수 명의 적이 고꾸라지는 듯한 광경이 도출되는 것이었다.

현월은 숨찬 기색도 없이 반복적으로 적들을 베어나갔다.

오히려 하나씩 하나씩 베어나갈 때마다 힘이 한층 더해지는 느낌이었다.

이는 비단 암천비류공의 공능 때문만은 아닐 터.

현월은 그 이유를 알 것 같았다.

'희열!'

혈교도들을 도륙한다.

그의 오랜 숙원인 복수를 마침내 실현하고 있다는 희열과 쾌감이 현월을 고양시키고 있었다.

근육의 결을 따라, 신경의 다발을 따라 짜릿한 쾌감이 마약처럼 퍼져 나갔다.

그 쾌감에 도취된 현월은 일말의 피로조차 느끼지 못하고 있었다.

삭! 사삭!

속도는 한층 올라가고 적들은 고꾸라져 나간다.

칼바람은 이제 검의 폭풍이 되어 무자비하게 피의 비를 흩뿌리고 있었다.

"놈!"

그사이 현월을 따라잡은 장원혈이 일권을 출수했다.

그의 독문무공인 파현권(破玄拳), 그 절초인 유성파쇄(流星破碎)였다.

콰콰콰콰콰!

강맹한 권풍을 따라 흙먼지가 솟구쳤다. 무시당했다는 분노와 살의로 인해 그 위력은 장원혈 스스로가 생각한 것마저 능가하고 있었다.

하나 그로 인해 권로가 단순해지고 예측하기 쉬워진 것도 사실.

현월은 어렵잖게 생로를 찾아내고는 몸을 날렸다. 결국 유성파쇄의 권강은 애꿎은 혈교도들을 향하여 쇄도했다.

"크윽!"

"커허헉!"

혈교도들의 비명 소리에 장원혈은 퍼뜩 정신이 드는 느낌이었다.

물론 그 직후에 한층 더한 분노가 뇌리를 잠식했지만.

"제기랄!"

거칠게 땅을 차내며 방향을 튼 장원혈이 현월을 노려봤다.

"비겁한 새끼! 달아나지 말고 정정당당히 맞서라!"

평소의 그라면 결코 하지 않았을 말이 입을 통해 터져 나왔다.

비겁이라니, 정정당당히라니, 이건 꼭 백도의 위선자들이나 내뱉을 법한 소리가 아닌가.

현월은 그 말에 반응하지 않았다. 애초에 적과 사이좋게 이야기를 나눌 생각 따위는 없었다.

바로 그때, 현월의 배후에서 또 하나의 강격이 터져 나왔다.

촤아아악!

기어코 현월을 따라잡은 암후였다. 그녀의 검으로부터 다섯 갈래의 검강이 쏟아져 나왔다. 암천비류공의 검식 중 하나인 오성뢰(五星雷)였다.

카가가각!

현월은 왼발을 축으로 삼아 급히 몸을 회전시켰다. 동시에 암후와 똑같은 오성뢰를 펼쳐 기습을 받아쳤다.

콰과과광!

허공에서 충돌한 열 줄기의 검강이 굉음을 토하며 밤공기를 흔들었다.

"……!"

그 광경에 장원혈은 눈을 부릅떴다.

공격을 받기도 전에 베껴서 받아칠 수 있는 능력을 지닌 게 아닌 바에야, 습격자와 암후의 무공은 동일한 것임이 분명했기 때문이다.

"네놈은 대체……!"

현월은 이번에도 일절 반응하지 않았다. 다만 암후에게 짓쳐들지도 않았다. 현월이 택한 것은 바로 장원혈을 공격해 들어가는 것이었다.

"놈!"

장원혈은 조금도 물러나지 않고 반격했다. 그 와중에 암후까지 끼어들어 삼파전이 벌어졌다.

그러나 잠시 후, 암후와 장원혈은 내심 낭패를 느껴야 했다.

두 사람의 무공은 물론 성격 또한 협공과는 지극히 거리가 멀었다.

그렇다 보니 현월을 함께 공격하려던 게, 오히려 서로 간의 공세를 방해하는 형태로 나타났던 것이다.

현월의 무공과 암후의 무공이 동일하다는 것도 문제였다. 그녀의 공세 일체를 완전히 파악한 현월이기에, 그를 역이용해 장원혈을 치거나 방해하는 것이 어렵지 않았던 것이다.

결국 장원혈이 분통을 터뜨렸다.

"빌어먹을 계집! 방해하지 말고 저 멀리 찌그러져 있으란 말이다!"

암후는 입술을 살짝 깨물면서도 이에 대꾸하진 않았다. 그 미적대는 반응에 장원혈의 분노가 한층 타올랐다.

"꺼져!"

장원혈의 권격이 암후를 향해 쏘아졌다.

내공을 충분히 싣기는 했으나 그녀가 회피하지 못할 정도는 아닌, 말 그대로 위협에 가까운 일권이었다.

그러나 현월이 이용하기엔 충분한 일격.

현월은 전력으로 땅을 박차 암후의 배후를 점했다. 동시에 분형흑쇄(分形黑碎)의 검초를 발휘해 좌우 및 후방의 세 방향으로부터 암후를 압박해 들어갔다.

그야말로 삽시간에 벌어진 일.

졸지에 암후는 네 방향으로부터 협공받는 처지에 놓였다.

"……!"

암후도 장원혈도 눈을 부릅뜨며 경악했으나, 피하거나 권을 회수하기엔 너무 늦은 상태였다.

십성 내공이 고스란히 담긴 세 줄기의 검강과, 역시나 강맹하다고밖엔 표현할 길이 없는 권격 하나.

피할 만한 여유는 없었다. 할 수 없이 암후는 뼈를 깎는 선택을 했다.

차차창!

그녀 또한 황급히 분형흑쇄를 펼쳐 세 방향의 검강을 받아냈다.

그 충돌로 인한 반동으로 그녀의 몸이 밀려 나갔고, 자연히 등으로 장원혈의 일수를 받게 됐다.

우드득!

뼈가 부서지는 끔찍한 소리. 척추를 뒤틀어 버린 일격은 삽시간에 암후를 무너뜨렸다.

"큭!"

예상치 못한 패착에 장원혈이 침음을 삼켰다.

애초에 자기편에 대한 의리나 정 따위가 없는 그였으나, 적에게 완전히 놀아나 같은 편을 치고 말았다는 것은 상당한 충격으로 다가왔다.

현월은 그 순간 생겨난 틈을 놓치지 않았다.

암후를 공격한 기세를 그대로 살려 그대로 장원혈을 향해 쇄도했다.

쐐액!

"뭣!"

뒤늦게 반응한 장원혈이 기력을 끌어 올렸으나 현월이 조금 더 빨랐다.

신체를 보호하는 외공이 제대로 작용하기 직전의 한순간, 그 틈을 찌르고 들어가는 날카로운 일격!

'막을 수 없다!'

그것을 깨달은 장원혈이 몸부림치듯 신형을 날렸다.

콰직!

굵직한 통나무가 단번에 꺾여 나가는 듯한 소리가 어둠을 흔들었다.

뒤이어 우쭐거리며 허공으로 치솟는 것은 장원혈의 오른팔이었다.

"크으윽!"

오른 어깨를 움켜쥔 장원혈이 땅 위로 나뒹굴었다. 현월은 그 기회를 놓치지 않고 연신 몰아붙였다.

이 정도의 실력자라면 죽일 기회가 왔을 때 반드시 숨통을 끊어야 했다.

장원혈은 하나만 남은 팔을 힘겹게 움켜쥔 채 저항했다.

"이, 이런 개 같은!"

날아간 오른팔은 물론, 출혈을 막기 위해 오른 어깨를 움켜쥔 왼팔 또한 사실상 배제된 상황.

결과적으로 두 다리로 각법과 보법을 번갈아 펼치는 처절한 모양새가 만들어졌다.

'끝이다.'

현월은 굳이 결정타를 날리려 노력하지 않았다.

점혈할 틈을 주지 않으며 장원혈을 끈질기게 견제할 따름이었다.

그리고 그 계산은 통하여, 장원혈의 낯은 삽시간에 새파랗게 질렸다.

"비, 빌어먹을······!"

오른팔에서 흘러내린 피는 이미 발아래에 웅덩이를 만들고 있었다.

그 순간 장원혈은, 현월 또한 공세를 멈추었음을 깨달았다. 그러나 깨닫기만 하였을 뿐 반격하거나 달아날 틈을 노리진 못했다.

이미 끝장났음을 알기에 멈춘 것일 테니까.

다량의 출혈로 인한 탈진 현상.

그 와중에 급격히 기력을 끌어다 쓴 까닭에 체내가 진탕이 되어버렸다.

그러한 타격들이 연쇄 작용을 일으켜, 장원혈의 몸은 붕괴하기 직전까지 몰린 뒤였다.

실로 허무하기 그지없는 패배였다.

"네놈은 대체 누구냐."

장원혈이 새파랗게 질린 입술을 달싹이며 물었다.

그때 현월은 암후의 상태를 살피는 중이었다. 암후는 장원혈의 일격에 허리가 꺾인 채 혼절한 상태였는데, 그 와중에도 호흡만큼은 고르게 흘러나오는 중이었다.

하나 당분간 정신을 차리는 것은 불가능하리라.

'척추가 꺾일 정도의 일격이었다.'

문자 그대로 즉사 수준의 타격. 단련된 무인이라 한들 결코 무사할 수 없는 치명타였다.

암천비류공을 통한 초인적인 재생력이 있다고는 하나, 이 정도 치명타라면 단기간에 회복하고 일어나는 것은 결코 불가능했다.

물론 이를 뒤집어 말하면, 즉사할 정도의 타격조차도 시간만 충분하면 회복이 가능하다는 의미이기도 했지만.

물론 현월은 그럴 여유를 줄 생각이 없었다.

"대답하지… 않을 셈이냐."

잇따라 들려오는 장원혈의 목소리.

현월은 이번에도 무시할까 하다가 고개를 돌렸다.

우습게도 장원혈은 현월과는 동떨어진 방향을 노려보고 있었다.

아마도 극심한 출혈과 타격으로 인해 시야마저 흐려진 것일 터. 그럼에도 온전히 정신력만으로 버티고 서 있는 것일 터였다.

"현월."

현월의 목소리를 들은 장원혈이 격하게 고개를 돌렸다. 그제야 두 사람은 서로의 눈을 바라볼 수 있게 되었다.

"처음 듣는 이름이로군. 무명의 애송이에게 이 투현왕이 패했다는 건가."

"투현왕 장원혈."

나직이 중얼거린 현월이 쓴웃음을 머금었다.

그가 장원혈의 이름을 알고 있는 것은 비단 그가 흑도의 무리 중에서도 손꼽히는 고수이기 때문만은 아니었다.

기실 본래의 현월은 유설태에 의해 길러진 암살자인 바, 무림의 세세한 정세에 대해선 무지했다.

무림맹 바깥은 암살자 현월에게 있어선 그저 남의 세상일 뿐이었으니까.

그럼에도 현월이 장원혈을 아는 이유는 간단했다.

'그 또한 내 표적이었으니.'

맹 내의 인사들이 잇따라 암살됨으로 인해 새로이 발탁되었던 자들 중 하나. 장원혈은 출세 지향형의 인간이자 전형적인 속물이었다.

하지만 그 때문에 눈치가 빠르고 판단력이 좋았고, 결과적으로 흑도 출신임에도 맹 내에서 상당한 입지를 확보할 수 있었다.

물론 그 때문에 유설태의 눈 밖에 나버렸고, 암제에 의해 제거되었지만.

'그리고 이번엔, 똑같은 수법으로 혈교에 투신한 것인가?'

회귀를 함으로써 많은 것이 변했다고는 하나, 인간의 본성만큼은 불변하다는 뜻일까? 현월은 복잡한 심경으로 피투성이가 된 장원혈을 응시했다.

'제거해야겠지.'

어찌 되었든 혈교와 손을 잡은 자.

살려둘 생각 따위는 없었다. 현월은 현인검을 쥔 손에 힘을 가했다.

결과적으로 장원혈은 두 번이나 현월의 손에 의해 죽음을 맞게 되는 셈이었다.

"낯이 익었던 것은 그 때문이었군."

현월의 혼잣말에 장원혈이 미간을 찡그렸다.

"무슨 뜻이지? 본좌의 낯이 익다는 것은? 본좌는 한 번 본 상대는 결코 잊지 않는다. 이 어둠 또한 본좌의 안력을 가리지는 못하지. 한데 네놈은 처음 보는 놈이다."

"……."

"역용이라도 한 것이냐? 아니, 그건 아닌 것 같군. 그럼 본좌가 낯이 익다는 건 무슨 뜻이지?"

현월은 이번에도 대답하지 않았다. 구태여 대답할 필요 따윈 없었기에.

장원혈은 싱겁다는 듯 코웃음을 쳤다.

"흥. 말수가 적은 놈이군. 뭐, 좋다. 어느 쪽이든 상관은 없겠지."

수다는 끝인가. 현월은 현인검을 들어 올렸다.

그래도 떠들고 싶은 대로 지껄이게 해주었으니, 최소한의 가책은 덜어낸 셈이었다. 사실 가책이란 걸 느낄 만한 상황도 아니었고.

다만 심중이 조금 흔들렸을 따름이다. 옛 망령의 조각을 마주한 것 같은 기분에.

"잠깐."

또다시 흘러나온 장원혈의 한마디에 현월은 약간의 정신

적 피로를 느꼈다.

"뭐지?"

"본좌를 죽일 셈이냐?"

"물론."

"왜 그래야 하지?"

"뻔한 질문으로 시간을 끌려는 수작인가?"

"뻔한 질문이라? 그럴지도 모르지."

힘겹게 말을 마치고는 몇 차례 쿨럭거리는 장원혈. 이제 보니 오른 어깨의 출혈은 멎어 있었다.

그 절망적인 상태에서도 어찌어찌 필사적으로 점혈하는 데에 성공한 모양이었다.

하기야 별 의미는 없었다. 어설프게 점혈한 상태로 시간만 끌어 봐야, 뭉친 피로 인해 상처 부위가 괴사할 가능성만 높았으니까.

'그럼에도 필사적으로 살아남으려는 건가.'

현월은 재차 복잡한 심정을 느꼈다. 어찌 보면 저것이야말로 살려는 자의 의지가 아닐까 하는.

"물론 본좌가 너를 먼저 공격했다. 그 점에 대해선 변명의 여지가 없지. 네놈이 어쩌면 혈교 최대의 적일지도 모른다는 유설태의 말에 혹한 것이었다만……."

"……."

"이제 와 보니 그 말이 옳은 것도 같군. 하지만 본좌는 패했다. 그렇지 않나? 게다가 우스운 일이지만, 네겐 치명상은커녕 유효타조차 입히지 못했다."

"그런데?"

"그럼에도 본좌를 굳이 죽일 필요가 있을까?"

현월은 대답하지 않은 채 물끄러미 장원혈을 바라봤다. 그 시선을 느낀 것인지 장원혈이 쓴웃음을 지었다.

"비굴하게 보일 테지? 맞다. 본좌, 아니, 나는 네게 목숨을 구걸하려 한다. 진부한 표현이겠지만, 살려만 준다면 반드시 이 빚을 갚겠다."

현월은 일순간 주저했다. 그러나 이내 고개를 저으며 냉정한 어조로 말했다.

"당신은 혈교, 유설태와 손을 잡았다. 혈교를 멸망시키고자 하는 내게 있어선 당신 또한 멸절의 대상일 뿐이야."

"하! 마음에도 없는 소리를 하는군. 썩어빠진 주제에 성인군자인 척을 해대는 백도의 놈들이라면 모를까, 너는 그런 실없는 소리나 할 만큼 멍청하지 않을 텐데?"

숨 가쁘게 말을 쏟아낸 장원혈이 한동안 헐떡였다.

"나는… 이렇게 살아 왔다. 모든 것을 갖춘 채 태어나지 못했지. 그렇기에 때로는 비굴하게, 때로는 비열하게 살아남았다. 하지만… 그 덕에 나는 지금 이 순간까지 숨을 쉬고 있지."

"……."

"너 또한 그렇지 않나? 혈교의 무공을 익혔음에도 혈교를 멸하고자 한다면 필시 그만한 사연이 있겠지. 그렇다면 나의 이 마음을 잘 알 것이 아니냐?"

짤막한 침묵이 두 사내의 사이로 흘렀다. 장원혈은 무언가를 더 역설하려는 듯 입술을 달싹였다. 하지만 이윽고 흘러나온 그의 음성은 차분했다.

"할 말은 이게 끝이다. 내 생사여탈은 네 손에 달렸으니, 그 처분을 기다리지."

현월은 여전히 현인검을 들어 올린 채였다. 하지만 검병을 쥔 오른손은 이미 오래 전부터 암석처럼 굳은 채 움직이질 않고 있었다.

혈교, 유설태, 복수.

그 세 가지만을 뇌리에 각인한 채 살아온 현월이었고, 기실 그 외의 것들은 염두에 두지도 않았다.

가족들이나 암월방, 금왕이나 흑련 등도 있기는 했지만, 복수를 제외한 것들은 기실 부차적인 것에 지나지 않았다.

인생에 있어 더 중요할 수도 있는 것들을 옆으로 치워둔 채, 오직 복수만 바라보며 달려온 것이다.

한데 우습게도 조금 전 그 집념의 근간이 조금 흔들렸다.

현생과 전생을 통틀어 고작 두 번 만나본 게 전부인 사내에 불과했다.

그것도 한 번은 자신의 손으로 목숨을 거뒀던, 인간적인 면에 있어서도 그다지 매력적이라고는 할 게 없는 흑도의 인간.

장원혈은 그 자신의 말마따나 더러운 인생을 살아 왔을 것이다.

국가의 법도나 무림의 불문율 따위는 개의치 않은 채, 오직 자신의 이익과 안위만을 좇아 세상의 풍파를 헤쳐 왔을 터.

오직 자신만을 위해 살아 온 자가, 자신의 목숨을 지키기 위해 모든 것을 던지고 있었다.

결코 멋지다거나 아름답다고는 할 수 없는 모습이었지만……

'인간다운 모습인지도 모른다.'

현월은 현인검을 늘어뜨렸다. 그러나 장원혈은 그 모습을 보지 못했다. 시야가 흐릿해지다 못해 완전히 마비된 상태였기 때문이었다.

그마저도 잠깐일 뿐.

장원혈의 몸이 앞으로 고꾸라졌다. 결국 더 버티지 못하고 혼절한 모양이었다.

"죽이지는 않겠다."

현월은 정신을 잃은 장원혈을 향해 나직이 말했다. 죽이지는 않겠지만 구태여 치료해 주거나 목숨을 구명해 주지도 않을 것이었다.

장원혈의 생사는 온전히 그 자신의 운명이 알아서 할 것이었다.

복수 또한 멈출 생각은 없었다.

장원혈의 태도와 삶에 대한 집착은 분명 인상적이었지만, 그렇다 하여 지금까지의 모든 것을 송두리째 뒤집을 수는 없었기 때문이다.

단지 복수 이후의 길을 보았을 따름. 복수가 인생의 모든 것이 아님을 깨달았을 뿐이었다.

현월의 시선이 재차 암후에게로 향했다.

상당한 시간이 흐른 것 같지만 실제로 흐른 시간은 얼마 되지 않았다. 그사이 암후가 회복했을 가능성은 사실상 없었다.

"……."

잠시 찝찝한 마음이 들기도 했으나, 현월은 이내 마음을 다잡았다.

그녀는 장원혈과는 사정이 달랐다.

만들어진 인형에 불과할지 몰라도 현월을 위협할 정도의 잠재력을 지니고 있었다. 당장의 무위 또한 상당히 위협적인 수준이었고.

"이대로 내버려 뒀다간 훗날 더 큰 위험 요소가 되어 찾아올 터. 지금 여기서 제거해야만 한다."

어디선가 갑작스레 들려온 목소리.

"……!"

현월은 화들짝 놀라 주변을 두리번거렸다.

두 가지 사실이 현월에게 충격으로 다가왔다. 하나는 바로 옆에서 목소리가 들릴 만큼 접근한 상대를 알아차리지 못했다는 점, 다른 하나는 목소리가 들려온 방향을 가늠할 수가 없다는 점이었다.

이윽고 연결되듯 도출되는 세 번째 사실.

그 목소리는 무척이나 익숙했다.

"제갈… 철."

"오랜만… 이라고 할 만큼의 시간은 지나지 않은 것 같군."

현월이 노려보는 어둠 속에서 제갈철의 신형이 미끄러지듯 모습을 드러냈다.

7장

역천자의 간섭

　제갈철은 지난번과 크게 다르지 않은 모습이었다.

　박제된 듯한 미소와 승자의 여유, 나아가 모든 것을 내려다보는 듯한 오연한 태도까지.

　그는 사뭇 대건하다는 듯한 눈을 한 채 현월을 위아래로 훑었다.

　"그 짧은 기간 동안 상당한 성장을 했군. 아마도 역천 전의 너조차 지금의 너를 감당하진 못할 테지."

　"그런 말을 지껄인다고 내가 고마워할 것 같나?"

　"천만에. 이 말을 듣고 고마워한다면 그건 진정 머저리일 테지."

제갈철은 뚜벅뚜벅 걸어와 쓰러진 암후의 머리맡에 섰다.

현월과는 고작해야 서너 걸음 떨어진 거리.

사실상 두 사람은 엎어지면 코 닿을 거리에서 서로를 응시하게 되었다.

물론 그 사실에 제갈철이 압박감을 느낄 리는 없었다. 결국 압박과 긴장은 고스란히 현월의 몫이 되었다.

'크……'

두 가지의 상반된 생각이 연신 머릿속을 흔들었다. 당장 검격을 펼쳐 놈의 머리를 떼어 놓아야 한다는 생각, 놈의 사정권 밖으로 거리를 벌려 안전을 도모해야 한다는 생각.

결과적으로 현월은 그중 어느 쪽도 택할 수 없었다. 하나를 택하려 하면 다른 하나가 발목을 잡아챘다.

제갈철은 그 심정을 다 안다는 듯 피식 웃었다.

현월에게 있어선 그저 가증스러운 미소로밖엔 보이지 않았지만.

"저 녀석을 보니 네 지난날을 반성하게 되던가?"

제갈철이 말하는 '저 녀석'이 누구인지는 구태여 물을 필요도 없는 것이었다.

현월은 대꾸하지 않았지만, 제갈철은 상관없다는 듯 말을 이었다.

"하기야 인상적이었겠지. 제법 실력이 있다고는 하나 네게 있어선 기어 다니는 벌레에 지나지 않을 녀석이, 그래도 살아보겠다고 자존심까지 내던진 채 발버둥 치는 것이 말이다. 영생이 약속된 네 입장에선 필멸자의 생존 욕구가 꽤나 감상적으로 다가올 수밖에 없다는 건 알고 있다."

"……."

"세상은 그런 감정을 위선이라 부르지."

콰직!

고꾸라져 있는 장원혈의 머리가 수박처럼 터져 나갔다. 손가락 하나 까딱하지 않은 채 떨어져 있는 대상에 타격을 가하는 수법. 현재의 현월로서도 쉽사리 펼치기 힘든 수법이었다.

'만약 목표물이 나였다면…….'

피할 수 있었을까?

현월은 쉽사리 답을 내리기 어려웠다.

조금 전에도 제갈철의 기운을 감지하지 못했고, 기실 지금도 그의 움직임을 예측하기가 힘들었다.

차라리 제갈철이 잇따라 움직임을 보여준다면 그에 익숙해질 수도 있겠지만, 그는 본신의 능력 중에서도 극히 일부만을 현월에게 보이고 있었다.

"지금 이 순간에도 나를 어찌 죽일지 생각 중인 모양이군. 하기야 그렇기에 내 수하가 될 자질이 있는 것이겠지만."

"개소리."

"흥. 뭐라 지껄이든 간에 네 운명은 이미 정해졌다. 그날, 역천의 술을 시행함으로써 이미 너는 나와 같은 굴레에 빠져든 것이다."

제갈철의 얼굴에서 순간 미소가 사라졌다.

"그런데도 넌 저런 버러지의 목숨 구걸에 대단한 깨달음이라도 얻은 것처럼 굴고 있단 말이지. 그 알량한 동정심이 얼마나 구역질나는지 아는 것이냐?"

"최소한 저 사내는 자신의 삶을 가치 있게 여겼다."

"놈은 그저 죽는 게 두려웠을 뿐이다. 전형적인 비굴한 겁쟁이일 뿐, 그것을 삶의 가치 운운하며 의미 있는 양 지껄이는 건 가식에 불과하다."

"당신 또한 죽는 게 두려워 역천한 게 아닌가?"

쾅!

현월은 순간 어둠이 자신의 온몸을 결박하는 듯한 느낌을 받았다. 그러나 잠시 후에야 그게 아님을 깨달았다.

제갈철의 권격이 콧등을 후려쳤고, 그 타격으로 인해 땅을 뒹굴었을 뿐.

격통은 그리 크지 않았지만, 대응조차 하지 못했다는 것은 상당한 충격이었다.

"크……!"

"일어나라."

놈의 말을 따르고 싶진 않았지만 엉거주춤하게 앉아만 있을 수도 없는 노릇, 현월은 자세를 추스르며 현인검을 뽑아 들었다.

그 모습에 제갈철이 나직이 혀를 찼다.

"검을 집어넣어라."

현월은 그 말을 따르지 않았다. 두 번씩이나 제갈철의 말대로 행동할 생각 따윈 없었다.

"집어넣지 않으면 꺾어 버리겠다."

"할 수 있다면 해보시지."

"못할 것 같으냐?"

"아니, 하지만 쉽지는 않을걸."

"단조로운 도발을 하는군. 나는 그런 수법에 넘어가지 않는다."

"내가 무서운 게 아니라?"

으득.

제갈철이 이를 악물었다.

기어코 그에게 분노를 느끼게 했다는 사실에 현월은 약간이지만 승리감을 느꼈다.

"이대로 네놈의 골수를 터뜨릴 수도 있겠지만, 그랬다간 오랜 계획이 허사로 돌아가겠지. 뭐, 다시 처음부터 하는 것

도 어렵지는 않겠지만… 쓸데없는 시간 낭비를 하고 싶진 않
단 말이야."

역천자에게 죽음을 맞은 역천자는 회귀의 굴레에서 벗어
난다.

만약 제갈철이 이 자리에서 현월을 죽인다면, 현월은 회귀
의 굴레에서 벗어나 완전한 죽음을 맞을 것이다. 그것은 제갈
철이 바라는 바가 아니었다.

물론 새로운 역천자를 찾아내는 것쯤은 그다지 어렵지 않
았다.

또다시 현월에게 기회를 줄 수도 있을 테고. 하지만 그것은
지지부진한 일이었고, 이미 지칠 대로 지쳐 있는 제갈철에겐
기꺼운 일이 아니었다.

그리고 무엇보다도 제갈철은 지금 이대로가 낫다고 생각
했다.

생각해 보면 그가 분노의 감정을 품어본 것도 실로 오랜만.
거듭된 회귀로 인해 모든 것에 흥미를 잃었던 그로서는 실로
오랜만에 인간적인 감정을 품어본 셈이었다.

그렇기에 제갈철은 결과적으로 크나큰 희열을 느꼈다.

"네놈을 선택한 것은 내 최고의 선택이었던 듯하군."

"……."

"어쨌든 관둬라. 지금은 네놈과 장난을 치고자 나타난 게

아니니."

"그럼 대체 뭘 하러 나타난 거지?"

"말하지 않았던가? 나는 그저 흥미를 추구할 따름이라고."

제갈철이 가볍게 손짓을 하자 혼절한 암후의 몸이 허공에 들렸다.

"하지만 이 계집을 지금 죽이는 건 그다지 좋은 선택이 아닐 듯하군."

"…대체 그 아이에게 무슨 짓을 하려는 거지?"

"추측해 보겠나?"

제갈철의 입가에 다시금 미소가 걸렸다. 그와 동시에, 한 가지 가능성이 현월의 뇌리를 스쳤다.

"설마……."

"회귀대법은 오랜 기간 혈교의 서고 구석에 처박혀 있었다. 그 이유는 간단하지. 실제로 역천에 성공한 전례가 없었기 때문이다. 하지만 그것은 중요한 조건 하나를 알지 못했던 혈교도들의 실수에 기인한 것이다."

"역천의 조건이라고?"

"그렇다. 특정한 한 가지 무공을 익힌 자들만이, 이 저주받을 영생의 굴레에 빠져드는 영광을 얻을 수 있지."

특정한 한 가지 무공.

이제 와 떠올릴 수 있는 거라면 역시 하나뿐이었다.

"그 특정한 조건이 암천비류공이라는 건가?"

"그렇다."

하지만 그건 말이 되지 않는 얘기였다.

본디 제갈철은 제갈세가의 인물.

혈교에 의해 무림맹이 멸망하는 것을 경험했으며, 엉망이 된 육체와 함께 겨우 살아남지 않았던가.

현월의 당혹감을 깨달은 제갈철이 피식 웃었다.

"본디 나는 그때 죽었어야 했을 운명이다. 하지만 운 좋게도, 한 혈교도가 변덕을 부림으로써 겨우 살아남을 수 있었지. 그자의 내공의 일부를 전수받은 채로 말이다."

"설마……"

"화무백이 바로 내 생명의 은인이었다. 여러 가지 의미로 말이지."

제갈철은 암후에게로 시선을 돌렸다. 암후를 바라보는 그의 시선엔 수많은 감정이 실려 있었다.

현월은 이제야 제갈철이 자신을 택했던 이유를 알 것 같았다.

그리고 현월은 알지 못했지만, 그가 수차례 암후 앞에 나타나 그녀를 각성시켰던 것도 모두 한 가지 이유로 직결되는 것이었다.

암후의 외모가, 조금만 가꿔 준다면 경국지색이란 표현이

무색하지 않으리라는 점 또한.

"나는 말 그대로 실험작이었던 거군."

현월은 헛웃음이 나올 것만 같았다.

"실험작인 내가 역천하는 데에 성공했으니, 이젠 본격적으로 그 아이를 회귀의 굴레에 밀어 넣겠다는 거군."

"그렇다."

제갈철은 소리 없이 웃었다. 지켜보는 현월로선 어처구니 없게도 너무나 순수한 미소였다.

"역시 기나긴 영생을 함께한다면, 냄새나는 사내놈보다는 계집아이가 낫지 않겠나?"

"잘나신 영생을 얻으신 몸께서, 고작 여자아이 하나를 얻고자 그런 수고를 마다한다는 건가?"

"계집 따위를 품는 것쯤은 얼마든지 할 수 있지만, 반려와 함께 인생을 살아가는 것은 전혀 다른 이야기니 말이다."

"미쳤군."

"미쳤다고? 아니, 오히려 순수하다고 해야지. 너야말로 웃기는군. 저 버러지가 어떻게든 살고자 발버둥 치는 것은 가치 있는 일인데, 내가 반려를 찾고자 하는 것은 미쳤다고 표현한단 말이냐?"

"네놈이 벌이고자 하는 작태엔, 그 아이의 의사는 조금도 들어가 있지 않으니까."

"홋. 이제는 의협지사 흉내라도 내겠다는 것이냐?"

제갈철은 큭큭거리며 웃었다.

"애초에 이 아이에겐 선택의 여지가 없었다. 유설태는 백도를 무너뜨리기 위한 암살 인형으로서 이 아이를 택했고, 무리하게 암천비류공을 학습시켰지. 그건 원래의 전승자인 네놈이 사라져 버렸기 때문이고 말이다."

"……."

"어차피 인생이란 오롯이 자신의 뜻만으로 흘러가지 않는 법이다. 오히려 세상 풍파에 치이고 휩쓸려, 갈가리 찢긴 부평초처럼 형편없이 부유하는 경우가 훨씬 많지."

제갈철의 음성은 실로 진지했다. 듣고 있는 현월로서는 그저 역겨움만이 느껴질 따름이었지만.

"기실 힘을 지녔다는 이들조차 다를 것은 없지. 모두가 타인과 세상의 영향을 받으며 살아갈 수밖에 없다. 내가 이 아이의 인생을 바꿔 놓는 것 또한 그와 마찬가지지."

"궤변을……."

"뭐라 생각해도 좋다. 어차피 네놈의 생각 따위는 전혀 중요한 게 아니니까."

현월은 무슨 말부터 해야 할지 알 수 없었다.

지금 입을 열어 봤자 제갈철을 향한 욕설밖에 나오지 않을 것 같았다.

"그런고로, 이 아이는 내가 데려가겠다."

"…그녀가 회귀에 성공하고 나면, 그 다음은 뭐지? 그때 가서는 나를 죽일 생각인가?"

"아니."

제갈철은 고개를 가로저었다.

"영생을 함께 할 동지는 많을수록 좋겠지. 그 편이 보다 많은 변수를 창출할 수 있을 테고 말이다."

"변수?"

"말하지 않았나. 이 모든 것은 지독한 무료함을 탈출하기 위함이라고."

제갈철의 모습이 마치 어둠 속으로 잠겨 들어가는 것처럼 서서히 희미해지기 시작했다. 암후의 신형 또한 그를 따라 서서히 사라져 갔다.

"내 볼일은 끝이다. 이젠 네게 자리를 양보해 줘야겠지."

"자리라고?"

"네 목적을 달성해야 하지 않겠나?"

"유설태."

현월은 입속으로 중얼거렸다.

복수는 이제 코앞까지 다가와 있었다.

"자, 가서 네 숙원을 달성해 보아라. 그리고 그것이… 얼마나 허무하고 보잘 것 없는지를 느껴보도록 해라."

제갈철의 모습이 완전히 시야에서 사라졌다.

현월은 이를 악물었다.

실질적인 시간은 그다지 소모되지 않았다.

처음 지천절마진 안으로 진입한 뒤로 기껏해야 일이 각쯤 흘렀을까.

암후나 장원혈과의 전투도 그다지 길지 않았고, 제갈철과의 대화 또한 실질적으로는 매우 짧았다.

그사이 유설태가 달아날 여유까진 없었을 터였다.

'아니.'

현월은 고개를 저었다.

'놈이라면 달아나려 하지도 않았을 것이다.'

혈교는 현월의 숙원인 동시에 유설태의 숙원이기도 했다. 차이점이라면 현월이 혈교를 멸절시키고자 한다면 유설태는 부흥시키고자 한다는 점이었지만.

어찌 됐든 방해자는 사라졌다.

지금은 원래의 목표만을 바라보고 나아갈 때였다.

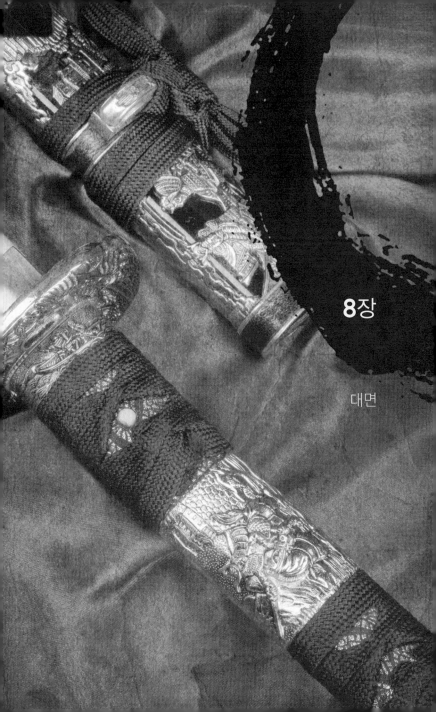

8장

대면

  촛불이 일렁이는 막사 안.

  이따금 천막 사이로 흘러들어 오는 밤바람이 촛불을 흔들
고 지나갔다.

  그럴 때마다 막사 내부로 일그러진 그림자가 발광하듯 번
뜩였다.

  유설태는 희미하게 타오르는 불빛을 노려봤다. 오직 그 하
나의 행동에만 모든 것을 집중하려는 듯.

  그러나 달리 말하자면, 이는 현실을 도피하고자 하는 행동
에 불과했다.

"진을 변형시켜야 합니다."

옆에서 들려오는 낯익은 목소리.

유설태는 그것이 만박서생 유숭의 것임을 잘 알고 있었다. 하지만 그의 말에는 어떠한 반응도 보이지 않았다.

대화하지 않겠다는 태도. 그것을 잘 알고 있음에도 유숭은 포기하지 않았다.

"지천절마진은 이미 무력화됐습니다. 이제 와 애꿎은 진형을 유지하는 것은 무의미합니다. 차라리 잘 된 일이지요. 이대로 교도들을 집중시키기만 해도 자연히 포위진이 완성될 것입니다."

"……."

"지천궁주께서 하지 않겠다면 제 선에서 명령을 내리지요."

유숭은 단호한 태도였다. 유설태는 비로소 한숨을 토하며 말했다.

"진형은 그대로 유지하겠네."

"궁주!"

"이미 늦었어. 느끼지 못하겠나?"

"무엇을 말입니까?"

"미우, 암후의 기척이 조금 전에 사라졌네."

"……."

유숭의 미간이 살짝 굳었다. 그러나 그는 이내 한층 단호한 어조로 말했다.

"그렇다면 더더욱 진형을 변경해야 합니다. 암후까지 당해 내지 못한 적이라면, 숫자로라도 짓누르는 수밖에 없습니다."

"그러다 자칫 진 자체가 무너진다면?"

유숭은 멈칫했다.

밤은 여전히 깊었다. 시계는 극히 좁고 명령 전달 또한 용이하지 않다. 만약 이 상황에서, 습격자가 약간의 계교를 부리려 든다면⋯⋯.

"하지만 그 또한 여러 가능성 중 하나일 뿐이잖습니까. 아직 일어나지도 않은 일을 일일이 두려워하다간 결국 아무것도 할 수 없습니다."

"그럴 테지."

재차 한숨을 쉰 유설태가 말했다.

"자네는 지금 당장 병력을 재편하여 움직일 준비를 하게."

"하면⋯⋯."

"이제는 모 아니면 도일세."

잠시 말을 멈춘 유설태가 이내 입을 열었다.

"이대로 하남성으로 치고 들어가게. 목표는 여남으로 잡고."

"예?"

의외의 명령.

습격자를 주살하라는 말을 기대했던 유숭은 믿을 수 없다는 표정을 지었다.

"나는 놈에 대해 아무것도 모르네. 하지만 지금은… 홀로 놈과 마주해야 할 것 같다는 생각이 드네."

"놈은 궁주를 해할 것입니다."

"그럴지도. 하지만 내 목숨 하나면 싸게 먹히는 셈이지."

"바보 같은! 놈이 궁주를 죽인 후에 물러나리란 보장은 어디에도 없습니다."

"알고 있네. 그렇기에 여남으로 향하라는 것일세."

유숭은 입을 다물었다.

습격자는 여남 출신.

그렇다면 그자의 약점이 될 만한 것, 혹은 사람이 여남에 있을 것이다.

'하지만……'

그것을 찾아내는 것은 간단하지 않을 터였다. 게다가 시간적 여유도 부족한 데다, 약점이 될 만한 것 자체가 없을 가능성도 무시하지 못했다.

하나 유설태는 거기까지 이미 계산에 둔 뒤였다.

"내가 어떻게든 놈을 붙들어 보겠네."

"궁주……."

"자네와 교도들이 충분히 행동할 만한 시간을 벌 수는 있을 걸세."

유설태가 이렇게까지 확신한다면, 그것은 아마도 사실일 것이다.

지략과 계교뿐 아니라 혈교 내 수많은 사술과 주법에 정통한 그였기에.

하지만 유숭은 쉬이 발을 뗄 수가 없었다.

유설태는 쓴웃음을 지었다.

"놈의 무위가 이 정도일 줄 알았다면, 차라리 지천절마진을 펼칠 게 아니라 여남으로 진격해 들어갈 것을 그랬군."

"궁주."

"모르겠네. 최근 며칠간의 나는 제정신이 아니었던 것 같아. 이제 와 후회해 봐야 늦은 일이지만 말일세."

유숭은 아무 말도 꺼내지 못했다.

비단 유설태뿐만이 아니라 그를 비롯한 혈교도들 대다수 역시 마찬가지였다.

'남해에서 시작하여 이곳까지 진격하는 동안은 아무 문제도 없었다.'

문자 그대로 파죽지세.

그 무엇도 혈교의 기세를 막아내진 못했다.

내로라하는 명문들도 그들의 창검 앞에선 피육이 되어 무너졌고, 붉은 깃발이 지나가는 곳엔 그저 불티와 재만이 흩날릴 따름이었다.

한데 지난 며칠 동안 모든 것이 뒤바뀌었다.

그 결정을 내린 것은 유설태였으나, 유숭을 비롯한 혈교도들 또한 크게 반대하지 않았다.

'마치 무언가에 홀린 것처럼.'

이제 와서야 유숭은 그 원인이 무엇인지, 어렴풋이나마 알 것 같았다.

"가게."

유설태가 말했다. 유숭은 더 시간을 지체할 수 없음을 깨달았다.

"차라리 저희가……."

"명령일세. 병력을 재편하여 여남으로 향하게."

유설태의 말엔 과거 무림맹 내에서 암약하던 시절에는 상상도 하지 못할 수준의 거부하기 힘든 위엄이 서려 있었다.

'혈교의 미래가 불투명해지는구나.'

유숭은 그것을 알면서도 유설태의 말을 거부할 수가 없었다.

"알겠습니다."

몸을 돌린 유숭이 막사 바깥으로 몸을 날렸다. 그사이 막사

안은 한층 어두워져 있었다.

촛불의 심지가 거의 다 타들어가 이제는 희미한 불빛밖에 남지 않았던 까닭이다.

유설태는 손가락으로 불을 비벼 끄고는 밖으로 나갔다.

그리 오래 기다릴 필요는 없을 터였다.

최대한 감춰 놓았던 기척은 조금 전부터 완전히 개방한 바, 어느 정도의 기감만 지녔더라도 무리 없이 감지할 수 있을 터였다.

물론 그것만으로 유설태를 구분해 내는 것은 쉬운 일이 아닐 테지만……

'놈이라면 할 수 있겠지.'

그 추측은 틀리지 않았다. 과연 얼마 지나지 않아 어둠 속에서 강렬한 살기가 느껴졌다.

이윽고 두 개의 눈동자가 어둠 너머에서 귀화처럼 번뜩였다, 먹잇감을 노려보는 늑대의 그것인 양.

"유설태."

난생 처음 들어보는 목소리가 들려왔다.

하나 유설태는 어딘지 모르게 그 목소리가 친숙하다고 생각했다.

"왔는가, 습격자."

"그래."

흑의를 입은 청년이 뚜벅뚜벅 걸어 나왔다.

역시나 처음 보는 얼굴, 유설태는 왠지 모르게 헛웃음이 나올 것 같았다.

"계속 습격자라 부르기도 그렇고, 자네를 뭐라 불러야 할지 모르겠군."

"상관없다. 너는 곧 죽을 테니까."

"그렇다면 최소한의 친절쯤은 발휘할 수 있을 테군."

"⋯현월."

습격자, 현월은 나직한 어조로 말했다. 잠시 머릿속을 헤아려 본 유설태가 천천히 고개를 저었다.

"역시 처음 듣는 이름이군."

"그럴 테지."

"자네가 미우⋯ 암후와 마찬가지로 암천비류공을 익혔다는 이야기는 들었네."

현월은 대꾸하지 않았다. 하지만 다른 행동을 취하지도 않았다.

"⋯⋯."

실로 간단한 일이었다.

이미 현인검을 오른손에 쥐고 있는 바, 그저 팔을 휘둘러 놈의 목을 쳐내면 그만이었다.

그러면 현월의 목적, 그중에서도 핵심이라 할 수 있는 복수가 일단락될 터였다.

한데 몸이 말을 듣지 않았다. 혹은 정신이 말을 듣지 않는 것인지도 몰랐다.

"화무백의 복수인가? 그에게서 암천비류공을 전수받은 것이라 한다면, 믿기 어려운 일이긴 해도 영 말이 되지 않는 것은 아니겠군. 하지만 역시 납득하기는 어려워. 화무백을 죽음으로 몰아넣은 것은 내가 아니니 말이야."

"그와는 아무 상관도 없는 이야기다. 무엇보다 그에 대한 빚은 이미 청산했고."

유설태의 눈매가 가늘어졌다.

"그렇군. 백진설의 목숨을 거둔 이는 자네였던 것이군."

"그래."

"하면 나에 대한 적의는 무엇에 기인한 것인가? 어째서 나를 죽이지 못해 안달이 난 것이지?"

"너는……."

현월은 입을 다물었다.

구태여 모든 사실을 설명할 필요가 있을까? 설명한다 한들 유설태가 이해하기는 할까?

과연 지금 눈앞에 있는 이 늙은이를 자신을 배반했던 그자와 같다고나 할 수 있을까?

'나는…….'

제갈철은 말했었다. 자신이 기백 번에 이르는 생을 반복하여 경험했노라고.

그 과정 속에서 때로는 무림을 멸망시키기도 하고, 때로는 속세에 관여하지 않은 채 살아가기도 했다고.

그렇다면 과연, 무림이 멸망하는 세상에서의 유설태와 혈교가 멸망하는 세상에서의 유설태는 동일한 존재일까?

'똑같은 육체를 타고났다고 하여 과연 같은 존재라 할 수 있을까?

같은 인간이라 해도 그가 처한 환경과 주변 인물에 따라 다른 삶을 살아갈 수도 있다.

백도와 흑도는 태어나면서부터 정해지는 것이 아니다. 현월은 수많은 살행을 통해 그 사실을 깨우쳤다.

그렇다고 환경만이 인간을 만드는 것 또한 아니다.

어떤 이들은 정파 무림의 명사임에도 탐욕에 찌들어 타락했고, 어떤 이들은 사파 무림에 소속되어 있으면서도 여느 협의지사보다도 올곧은 마음을 지녔다.

그 수많은 변수가 어지러이 뒤엉켜 셀 수도 없이 많은 인간상을 만들어내는 것이었다.

그렇다면 지금의 유설태를 현월이 알던 유설태와 동일시할 수 있을까.

현월의 몸을 붙드는 것은 그 의문이었다. 게다가…….

'지금의 나 또한, 회귀하기 전의 나와 동일한 인물인 걸까?'

*　　　*　　　*

진 중앙에 위치한 막사로 돌아온 유승은 곧장 수하들에게 전진 명령을 하달했다.

명령을 전파하는 음영(陰影)들이 바삐 움직이는 가운데, 유승은 막사 한쪽에 놓인 전장도를 뚫어져라 노려봤다.

'이대로 달아나는 게 옳은 판단인가.'

말이 좋아 전진이지, 결국 적이 두려워 내빼는 것이 아닌가.

그것도 한둘이 아닌, 수천에 달하는 병력이.

이만한 굴욕이 혈교에게 있을까 싶은 순간이었다.

생전의 화무백이나 백진설이 상대였던들, 아니, 저 무림맹주 남궁월이 상대라 한들 이러지는 않았을 것이다.

애초에 한 사람의 무인이 아무리 강하다 한들 병력 수천을, 그것도 하나같이 고수로 이루어진 무인 집단을 홀로 패퇴시킬 수는 없는 것이다.

'싸우면 이길 수 있다. 상대가 신이 아닌 바에야!'

그러나 유설태는 유승에게 여남으로 진격하라는 명령을 내렸다.

그리고 이 또한 나름대로 타당한 판단이었다.

지금 싸운다 하더라도 이길 수야 있겠지만 그만큼 피해도 클 터. 차라리 여남을 인질 삼아 놈을 구워삶는 편이 효율적이리라.

'하지만!'

전술적 선택이라 하더라도 자존심이 뭉개지는 것은 사실.

애초에 최강의 혈교가 한 개인을 상대하기 위해 계교 따위를 짜내야 한다는 것이 굴욕이었다.

하물며 지천궁주 유설태의 목숨까지 걸어야 한다면 더더욱.

게다가 그것이 끝이 아니다. 습격자를 처리하고 난 다음엔 무림맹이 남아 있었다.

비록 천하제일인이자 맹주인 남궁월이 행방불명되었고 맹 자체의 규모도 이전보다 급격히 축소되었다지만, 무림맹은 여전한 혈교 최대의 난적이었다.

산 넘어 산, 혹은 야수 뒤의 야수라 해야 할까.

그러나 지금으로선 달리 방도가 없었다. 이미 도화선에 불이 붙었고, 돌이킬 수 있는 길은 없다.

이렇게 된 이상은 혈교와 무림맹, 둘 중 하나가 완전히 사라짐으로써 결착을 보아야만 했다.

"지금은 그대의 말을 따르겠소, 지천궁주."

유숭은 전장도를 손으로 잡아당겨 그대로 찢어발겼다.

어차피 앞으로는 오직 전진과 공격뿐. 지형을 봐 가며 머리를 굴릴 이유는 없었다.

"막사들은 내버려 둔다. 군량 또한 최소한도만 가져간다. 앞으로는 적에게서 빼앗은 식량만을 먹을 것이며 적들의 지붕 아래에서 휴식을 취할 것이다."

유숭이 하달한 명령이 음영들의 경신술을 통해 빠르게 전파되었다.

지천절마진을 구축하던 혈교의 병력이 곧장 움직이기 시작했다.

"이대로 여남으로 향한다."

*   *   *

'놈들이 움직인다.'

깊은 상념에 잠겨 있던 현월은 퍼뜩 정신을 차렸다.

눈앞에는 여전히 유설태가 담담한 표정을 지은 채 서 있었다.

"당신은 나를 배신했다."

현월의 말에 유설태의 눈빛이 순간 깊어졌다.

"그건 무슨 의미지? 자네와 나는 이번이 초면인 것으로 아는데."

"지금의 당신은 그렇겠지."

"지금의 나라고? 재미있는 표현이군."

현월은 어떻게 설명해야 할까 고민하지 않기로 했다. 그저 있는 사실을 그대로 얘기할 따름.

그뿐이었다.

"나는 역천자다."

어째서 이 말을 하는가. 현월 스스로도 의문이 들었다.

하지만 지금 말하지 않고는 가슴속의 답답함을 해소할 수 없을 듯했다.

'지금 유설태를, 놈을 죽여 봐야 내 복수심은 충족되지 않을 것이다.'

제갈철의 말마따나, 이대로 복수를 해봐야 허무함만이 남을 터였다.

지금 당장은 유설태를 죽이는 것이 능사가 아니었다.

그렇다면, 차라리 가슴속의 답답한 심정이나마 풀어 보고 싶었다.

오랫동안 간직해 온 비밀을 토해냄으로써.

가족들은 물론, 흑련이나 제갈윤 같은 측근들에게조차 말하지 않았던 이야기.

우습게도 그것을 복수의 대상인 유설태에게 풀어놓고 있

는 현월이었다.

"역천자… 라고?"

"그래, 나는 미래에서 과거로 돌아온 자."

현월은 살기 띤 눈으로 말을 이었다.

"이제는 과거가 된 미래에서, 나는 암제라는 이름으로 불리웠다."

"……!"

유설태의 눈동자가 크게 흔들렸다. 그 짤막한 이야기만으로도 모든 것을 깨달았다는 양.

"그랬군, 그랬어. 네게서 느껴졌던 기이한 느낌은 그런 것이었군."

유설태는 떨리는 손을 꾹 주먹 쥐었다.

"그렇다면 미우를, 암후를 각성시킨 것도?"

"그건 내가 한 일이 아니다."

"으음……."

"그 여자아이의 자리에는 본디 내가 있었다. 그리고 나는 네 수족으로서 맹 내에서 암살행을 수행했다."

"그리고 내가 너를 배신했다?"

"그래."

현월은 오른손이 하얗게 질리도록 현인검을 꾹 움켜쥐었다.

"너는 무림의 내일을 위해서라는 감언이설로 나를 속였다. 대의를 위해서란 핑계로 무림맹의 협의지사들을 암살하게 만들었다. 그리고 결국, 혈교천세의 깃발 아래 무림맹을 멸망하게 만들었지."

"……."

"그게 네가 나에게 한 짓이다, 유설태."

말을 마친 현월은 침묵했다. 그것만으로도 충분하다는 듯.

그리고 실제로 그러했다.

현월은 뱃속 깊은 곳에서 전율감이 일어나는 것을 느꼈다.

지금까지의 그의 삶, 회귀한 이후의 인생은 어쩌면 이 순간을 위한 것이었는지도 몰랐다.

유설태는 다른 의미로 전율했다.

"내가… 성공했다는 말이군."

"그래. 그 세상에서는."

현월은 차갑게 대꾸했다.

"여기에서는 아니지만."

"네가 나를 저지할 것이기에?"

"내가 너를 제거할 것이기에."

유설태는 느릿하게 고개를 끄덕였다. 겉으로 보기에는 침착하기 그지없는 반응이었다.

"생각보다 그리 충격적이진 않은가 보군."

"충격적이지 않다고? 그럴 리가."

유설태는 큭큭거리며 웃었다.

"심장이 터질 것만 같은 기분이다."

"······."

"어쨌거나 역천의 원인은··· 우리 혈교의 사술인가?"

"그렇다."

"그랬군. 그러고 보니 시간을 거스르는 주술은 서고 안에도 여럿 있었지. 하나같이 엉터리였지만 말이야. 한데 그게 아니었던 모양이군."

현월은 현인검을 들어 올렸다.

"할 말은 이걸로 끝이다. 진실을 알았다면, 목을 내놓는 데에 주저할 것도 없겠지?"

"그러니까, 나더러 내가 저지르지 않은 행동의 값을 치르라는 말인가?"

"네가 저지르게 될 행동이다."

"그건 말이 안 되는 소리라는 걸, 너도 잘 알고 있을 텐데?"

"···그래. 하지만 상관은 없어. 혈교의 수괴라는 것만으로도 죽을 이유로는 충분하니까."

"나를 죽이는 것만으로는 모든 것이 해결되지 않는다."

현월은 대꾸하지 않았다. 어차피 하고 싶은 말은 다 했다.

지금부터의 행동이 모순이 되었든 자기기만이 되었든, 상관하지 않을 생각이었다.

하지만 이어진 유설태의 말엔 멈칫할 수밖에 없었다.

"아마도 또 한 명의 역천자가 남아 있을 테지. 아닌가?"

9장

임시 동맹

"어서 해라."

제갈철은 나직이 중얼거렸다.

그는 황야에 서 있었다.

혈교의 군세와 족히 십리는 떨어진 먼 곳.

그러나 그는 두 사람의 모습을 눈앞에 있는 양 생생히 느낄
수 있었다.

실로 절대적인 기감.

인세를 초월한 그에게 있어 이 정도 거리는 큰 문제가 되지
않았다.

대치 중인 두 사내의 모습이 두 눈으로 보듯 생생히 머릿속에 그려졌다.

현월이 현인검에 손을 가져가는 것도, 반쯤 체념한 유설태가 입술을 질근 깨무는 것도.

"베어라."

제갈철은 독촉하듯 중얼거렸다.

마음만 먹으면 그 목소리를 현월에게 닿게 할 수도 있을 테지만 그렇게 하지 않았다.

오히려 역효과가 날 것이 뻔했기에.

'지금은 놈의 뜻대로 하게끔 둬야겠지.'

스스로의 의지로 숙원을 이룬다.

그 후에 찾아오게 될 지독한 허무함을 느껴야만 알 수 있을 것이다.

자신의 삶이 얼마나 보잘 것 없는 것인지, 살아오며 쌓아 온 모든 관계와 행적이 얼마나 무의미한지.

그 후에는 현월 또한 제갈철의 심정을 이해할 수 있으리라.

"그래, 그럴 것이다."

제갈철은 웃었다. 얼핏 자조적인 것 같은, 한껏 비틀리고 왜곡된 미소였다.

혹자가 보았다면 아마도 광소라고 생각할 법한.

제갈철 본인이 갇혀 버린 역천의 굴레. 그 안으로 현월을 초대하기로 한 이유는 사실 별것 없었다.

그저 자신이 느끼는 기분을 다른 누군가에게도 느끼게 하고 싶다는 것이 전부였으니까.

"난 정말 미쳐 버린 것인지도 모르지."

제갈철은 고개를 슬쩍 돌려 측면을 바라보았다. 그와는 얼마 떨어지지 않은 거리. 여전히 혼절한 채인 암후가 그 자리에 누워 있었다.

"반려라……."

제갈철은 픽 웃었다.

애초에 그가 수없이 회귀하며 경험한 시간을 일렬로 늘어놓는다면, 족히 수천 년에 이를 터.

그런 마당에 단순한 성욕 따위가 남아 있을 리 만무했다. 물론 그러한 본성이 아예 없다고도 할 수 없을 테지만.

이미 인간이 누릴 수 있는 거의 모든 종류의 쾌락과 향응을 누려본 그였다.

이제 와서 어지간한 미인을 안는다 한들 큰 감흥이 있을 리 없었다.

반려니 뭐니 해봐야, 결국은 이 또한 잠깐 동안의 유희에 지나지 않을 터였다.

기실 조금 전 현월 앞에서 뱉어낸 말들은, 반쯤은 현월을 격분시키기 위해 되는 대로 지껄인 것에 불과했다.

"그럴 테지."

제갈철은 한숨을 쉬었다. 너무나 긴 세월. 지나칠 정도로 반복된 인생.

세는 것도 벅찰 만큼의 회귀는 그를 극도의 염세주의자로 만들어 버렸다.

어차피 다시 돌아오게 될 삶.

무언가를 소중히 여겨봐야 무의미하다. 다음 삶에선 도로 원상 복구가 되어버릴 테니까.

마찬가지로 무언가를 가볍게 취급하고 간단히 깨뜨려 버린들 마찬가지.

어차피 결론은 정해져 있었다.

끝없는 반복이라는 결론 말이다.

그렇다 보니 모든 것에 초연하다 못해 무신경할 수밖에 없었다.

불가에서는 이를 해탈이나 열반이라 말한다지만, 제갈철은 자신이 그런 입장은 아닐 거라고 생각했다.

"버리고 초연할수록 고통이 없어진다던가? 흥, 개소리에 불과하다."

아무리 모든 것에서 벗어난다 한들, 결국 그를 묶어두고 있는 이 세계 자체로부터 벗어날 수는 없기에.

솔직히 말하자면 제갈철 본인도 앞으로 무얼 해야 할지 알 수 없었다.

무얼 하든 의미가 없었으니까.

무얼 하든 간에 이미 오래전에 해보았던 일의 재탕에 불과할 테니까.

그 와중에 나타난 것이 현월.

그와 같은 또 하나의 역천자였다.

그렇기에 제갈철은 결심했다. 현월에게도 자신과 같은 고통을 맛보게 해주자고.

하지만 벌써부터 이에 흥미를 잃을 것만 같다는 것이 문제라면 문제였다.

"그러니까 빨리 끝장을 내란 말이다."

초조함이 묻어나는 목소리로 제갈철은 중얼거렸다. 그의 기감에 감지되고 있는 현월은 여전히 현인검을 쥔 채 우물쭈물하고 있었다.

"답답한 놈. 우둔하기 짝이 없는 놈!"

원수 따위, 그냥 베어버리면 그만이다. 어차피 다음번의 삶이 시작된다면 멀쩡한 상태로 되돌아올 테니까. 한 번 베어 분이 풀리지 않으면 몇 번이고 반복해도 좋다. 살아날 때마다 죽이고 또 죽여도 좋은 것이다.

그런 별것도 아닌 것 때문에 고민할 필요가 있을까?

현월이 왜 주저하는지는 제갈철 또한 잘 알고 있었다. 지금의 유설태는 현월이 알고 있는 그 유설태와는 다르기 때문일 테지.

"그러나 그런 것 따위는 상관없는 것이다. 어차피 이 삶에 있어 나 자신을 제외한 모든 것은 무가치하기에."

현월이 이를 모르는 것은 그저 역천자로서 초짜이기 때문이다.

제갈철은 그렇게 생각하며 내심 코웃음을 쳤다.

"네놈이 아무리 고민하고 번뇌하는 척을 해봤자다. 네놈 또한 나와 같은 경험을 하게 된다면……."

무심코 중얼거리던 제갈철은 입을 다물었다. 동시에 배후로부터 엄습하는 서늘함을 느꼈다.

"제법이구나."

제갈철은 진심을 담아 말했다.

실제로 그러했으니까.

문자 그대로의 초월자인 자신의 감지망을 한순간이나마 벗어나, 등 뒤에 검을 들이밀었다.

물론 자신이 딴 데에 정신이 팔려 있었기 때문이긴 하나, 그렇더라도 대단한 것은 대단한 것이었다.

물론 그 칭찬에 암후가 기뻐할 리는 만무했다.

"당신은 대체 누구……?"

"설명이 필요한가? 느끼는 것이 더 빠를 텐데."

"그게 무슨?"

제갈철은 대답 대신 가볍게 기운을 발했다.

그와 동시에 암후는 깨닫게 되었다.

이 정체불명의 사내가 발하는 기세가, 암천비류공의 기운과 무척 흡사하다는 것을. 그리고 이 사실이 의미하는 바는 실로 분명했다.

"당신이었군요."

그날, 이름조차 가물가물한 문파가 혈교의 이름 아래 잿더미로 화하던 날.

불길 속에서 그녀를 찾아왔던 정체불명의 사내.

그녀를 지금의 암후로서 각성시킨 자. 그리고…….

"모든 것을 배후에서 조종한 사람."

"조종이란 표현은 정확하지 않다고 해야겠군. 나는 너희가 너희 마음대로 행동하게끔 내버려 두었으니. 조종보다는 조율이란 말이 어울릴 듯하군."

"대체 무슨 짓을 하려는 거죠?"

"내가 지금 뭘 하고 있는 걸로 보이나?"

암후는 쉽사리 대답하지 못했다. 당장 그녀가 알 수 있는 것은, 그가 그저 그 자리에 서 있다는 것뿐이었으니까.

실제로 제갈철은 별다른 행동을 하고 있지 않았다. 그저 관조하고 있을 뿐.

물론 그 관조의 범위가 범인의 이해력을 아득히 넘어서는 수준이었지만 말이다.

그러나 그 역시 진정한 의미에서의 초월자는 결코 아니었다. 인간의 영역을 넘어선 무위를 지녔다고는 하나, 정신적인 측면에서까지 그렇지는 않았던 것이다.

때문에 이 순간, 암후에게 정신이 팔리는 통에 짧게나마 현월 측의 반응을 감지하지 못했다.

그리고 지독한 우연이 빚어낸 장난으로 인해, 그는 유설태는 결정적인 한마디를 놓치고 말았다.

"나는 그 사술을 깨는 법을 알고 있다."

*   *   *

현월은 후두부를 강하게 얻어맞은 기분이었다.

그 사술이라는 게 역천의 비술임을 모르는 것은 아니었다. 하지만 어째서 지금 유설태가 이런 말을 한 것인지는 알 수가 없었다.

그렇다고 무턱대고 말을 내뱉을 수는 없었다.

'지금도 놈이 이 모습을 관찰하고 있을지 모르니.'

제갈철. 그의 능력이라면 현월의 감지망 바깥에서 두 사람을 관조하는 것쯤은 식은 죽 먹기일 터였다.

'그렇다면 어떻게?'

되도록 제갈철에게 대화 내용을 들키고 싶진 않았다.

어찌 됐든 그는 현월에게 있어 결코 우호적인 대상이 아니었으니까.

잠시 고민하던 현월은 전음을 날렸다. 이 또한 도청당할 가능성이 없지는 않았지만, 그냥 입 밖으로 대화하는 것보다는 그나마 나을 터였다.

[하고 싶은 말이 뭐지?]

유설태 또한 현월의 의도를 알아챈 듯 전음으로 답해 왔다.

[지금의 너는 갈등하고 있다. 회귀 전의 나와 지금의 나를 과연 동일인으로 취급할 수 있을지, 내가 하지도 않은 일로 인해 나를 죽여도 되는지 고민하고 있지.]

[말했을 텐데. 굳이 복수 때문만이 아니더라도, 네가 혈교의 수장이라는 것만으로도 너를 죽일 이유로는 충분하다고.]

[그렇다면 뭘 망설이고 있지?]

[…….]

[앞서 말했듯, 또 하나의 역천자 때문이 아니던가?]

현월은 연이어 침묵했다. 침묵 자체가 대답으로 충분하다는 것을 알면서도.

유설태는 나직이 고개를 끄덕였다.

[역시 그렇군.]

[……]

[아마도 그는 압도적인 강자일 테지. 물론 지금의 너 또한 화무백이나 백진설에 비해 결코 뒤처지지 않는, 혹은 그들을 뛰어넘은 강자일 테지만. 하나 그자에 비하면 분명한 열세에 있을 것이다. 아닌가?]

현월은 이 질문에도 대답하지 않았다. 그러나 자기도 모르게 동공이 흔들리는 것까진 어쩌지 못했다.

그것만으로도 유설태에게 확신을 주기엔 충분했다.

[내 추측이 얼추 들어맞았나 보군. 그리고 계속 추측해 보자면, 놈은 아마도 너와 비교도 할 수 없을 만큼의 삶을 반복해 왔을 것이다. 아닌가?]

[…그렇다고 치지. 하지만 그게 이제 와서 무슨 의미가 있지?]

[의미는 있다. 나 또한 너와 마찬가지로 계속해서 고민해 왔으니까.]

현월의 미간이 반사적으로 일그러졌다.

[고민이라고?]

[그렇다.]

유설태는 군은 얼굴로 고개를 끄덕였다.

[무림맹 군사로서 지내고 있던 때부터 그랬지. 나를 능가하는 누군가가, 어둠 속에서 무림 자체를 움직이고 있다는 느낌

을 받았었다.]

[…….]

[시작은 녹림맹의 떨거지들이었지. 원래대로면 놈들에 의해 하남성 일대가 초토화되었어야 정상이건만, 이는 계획대로 시행되지 않았어.]

[내가 놈들을 저지했으니까.]

[그래. 하지만 너는 시발점에 불과했다. 너 본인의 생각은 어떨지 모르겠지만, 너 또한 누군가의 손아귀 안에서 움직이는 장기 말에 불과했어.]

[나는 놈의 뜻대로 움직인 게 아니다. 내 의지에 따라 행동하고 살아왔을 뿐이다.]

[그럴 테지. 하지만 과연 지금까지의 네 행보가 온전히 네 노력만으로 이루어진 것이라고 할 수 있을까? 그자, 또 하나의 역천자는 어떤 형태로든 네게 영향을 미쳤을 것이다.]

[…….]

[그리고 그건 내게 있어서도 마찬가지지.]

순간 유설태의 얼굴이 무섭게 일그러졌다.

극도의 분노와 증오심으로 점철된 표정이었다.

[얼마나 반복되었을지 짐작도 가지 않는 우리의 삶이, 그 괴물의 장난질에 이용되었을 것이다. 그 사실을 머릿속에 떠올리는 것만으로도 구역질이 난다.]

[…그래서?]

[조금 전까지만 해도 나는, 네게 죽더라도 괜찮을 거라고 생각했다. 아니, 솔직히 말하자면 이곳에서 최대한 시간을 끌겠다는 계획이었지. 나 하나의 목숨으로 너를 제압할 수 있다면 수지맞는 장사일 테니까.]

현월은 혈교도들이 향한 곳이 어디인지 알 것 같았다.

[여남이로군.]

[그렇다. 아마도 네게 약점이란 게 있다면, 그곳이 유일할 테지. 아닌가?]

[칭찬이라도 해주길 바라는 것이냐? 네놈들의 계산이 그런 거라면 지금 당장…….]

[나를 죽인다는 것은 역천자에 대한 복수를 포기한다는 것과 다름없지.]

유설태의 말이 재차 현월의 발목을 붙들었다.

[사술을 깰 수 있다는 게 무슨 뜻이지?]

[말 그대로다. 나는 혈교의 지천궁주. 반천년 혈교 역사에 이름을 새겼던 모든 술사들의 술법과 사법에 정통하다.]

[말은 잘하는군. 정작 회귀대법에 대해선 조금도 몰랐으면서.]

[몰랐던 게 아니다. 오해하고 있었던 것이지.]

[오해라고?]

[네가 회귀대법이라 부르는 그 사술은 한마디로 실패한 술법이었다. 최소한 우리가 관측하기로는 그러했지. 술법을 시행했던 자들은 하나같이 온몸이 터져 나가는 결과를 맞이했으니까.]

[온몸이… 터져 나갔다고?]

[그렇다. 최소한 우리가 관측하기로는 그러했지. 실패한 사술. 그렇기에 폐기 처분되어 모두의 기억 속에서 잊히고 만…….그게 바로 네가 말하는 회귀대법이었다.]

[…….]

[어찌 됐든… 거기엔 중대한 요소가 빠져 있었던 것이다.어느 누구도 미처 생각지 못했던 요소가.]

[암천비류공.]

현월은 나직이 뇌까렸다. 유설태 또한 고개를 끄덕였다.

[그래. 암천비류공이 그 술법에 어떠한 영향을 미친 것인지는 모르겠지만, 아마도 그 외에는 떠올릴 법한 게 없을 듯하군.]

[잡설은 그만 됐어. 그래서 무슨 수로 회귀대법을 깨겠다는 거지?]

[독을 만드는 자는 해독약도 같이 만드는 법이지. 자칫 자기 자신이 중독되는 경우가 벌어질 수도 있으니 말이다.]

[사술 또한 마찬가지라는 건가?]

[그렇다.]

단호히 대답하는 유설태의 모습은 최소한 현월이 보기엔 일말의 거짓도 없어 보이는 표정과 태도였다.

'하지만……'

현월은 이를 신뢰하지 않았다.

그럴 수밖에 없었다. 이미 그는 한 차례 유설태에게 이용당하고 배신당했었으니까.

[나는 당신을 믿지 않아. 그러니 나를 설득하고 싶다면 지금 토해내. 사술을 깰 방법을 말이야.]

[내가 일러준다 한들 네가 실행할 수 있을까? 아마도 내 예상대로라면, 너는 술법과 사법에 대해 그다지 정통하지 않을 터인데?]

[내가 지천절마진을 깨고 들어오는 걸 봤을 텐데?]

['힘으로' 깨고 들어오는 것을 봤지. 술진에 대한 대략적인 정보만을 지닌 강자가 택할 법한 방식이었다.]

현월은 더 이상 허세를 부리지 않기로 했다.

[좋아, 그렇다고 치지. 하지만 여전히 이해할 수 없군. 당신 입장에선 백도 무림을 무너뜨리고 무림을 혈교 천하로 만들면 그만 아닌가?]

[그자와 같은 괴물이 남아 있는 한, 혈교는 진정한 승리를 쟁취할 수 없다. 무림의 평화 또한 묘연한 일일 테지.]

천하제일인을 아득히 넘어선 초월자. 한 번 변덕을 부리는 것만으로도 무림의 명암을 갈리게 만들 수 있는 존재.

그런 자가 있는 한 진정한 질서는 찾아오지 않을 터였다.

그러나 현월은 냉소를 지을 수밖에 없었다.

[평화라니. 그 단어는 당신 따위가 입에 담을 만한 게 아니라고 보는데.]

[네가 내게 이를 가는 것은 이해한다. 하지만 나도, 혈교도, 그저 복수에만 눈이 먼 살인귀는 아니다.]

[웃기는군. 사파들이 흔히 떠드는 것처럼 백도 무림이 위선자 집단이라고 말하고 싶은 건가?]

[그런 면도 있지. 하지만 그 무엇보다도 무림맹의 방식으로는 진정한 질서를 이룩할 수가 없다는 것이 가장 크다. 수많은 문파가 이해관계로 인해 충돌하는 구조상, 무림맹 휘하의 평화에는 한계가 있을 수밖에 없다.]

[혈교는 다르다는 건가?]

[그렇다. 왜냐하면…….]

[됐어, 더 말하지 마.]

현월은 유설태의 말을 곧바로 잘랐다. 지금은 그의 감언이설에 넘어가고 싶은 마음이 추호도 없었다.

유설태도 현월의 태도가 강건한 것을 알고는 더 전음을 잇지 않았다.

'유설태와, 혈교와 손을 잡는다고?'

강렬한 거부감이 현월의 뇌리를 타고 흘렀다.

혈교와 유설태는 현월에게 있어 불구대천의 원수나 다름 없는 존재들.

그런 것들과 손을 잡는 데엔 본능적으로 거부감이 피어날 수밖에 없었다.

'하지만……'

지금 복수를 달성한다고 해도 달라지는 것은 없다. 아마도 지독한 허무감과 무력감만이 남게 될 터.

제갈철은 현월을 자기 마음대로 주무르려 하고 있었다. 지금은 내버려 둔 채 방관만 하고 있었지만, 그것은 결코 호의에서 비롯된 행동이 아니었다.

게다가 무엇보다도 현월은 영원히 반복되는 삶을 영위하고 싶지 않았다.

'인생은 단 한 번이기에 가치가 있는 법이다.'

죽음을 벗어나 과거로 돌아온 이후, 현월은 수많은 일을 겪고 셀 수 없는 이들과 만났다. 물론 그 사실을 후회하진 않았다.

과거로 돌아오지 않았다면 가족들을 녹림맹의 마수로부터 구해내지도 못했을 테고, 암월방을 창설해 여남의 질서를 지키지도 못했을 것이다. 흑련과 제갈윤, 유화란과 금왕 등을 만나는 일도 없었을 테고.

'하지만······.'

만약 그러한 삶이 끝도 없이 반복되게 된다면?

현월이 가족들과 지인들에게 애정을 느낄 수 있었던 것은, 그들이 단 하나뿐인 존재이기 때문이었다. 애초에 회귀대법이라는 위험한 사술에 몸을 내던진 것도, 하나뿐인 가족들에 대한 그리움과 갈망 때문이 아니었던가.

그들은 오직 하나이기에 특별한 것이다.

반복되는 삶 속에선 그 특별함이 퇴색될 수밖에 없다. 당장 제갈철만 보아도 알 수 있는 일이었다.

하나를 잃어버려도 곧장 대체하는 게 가능한 놋쇠 젓가락과 세상을 통틀어 오직 하나뿐인 보석의 가치는 다를 수밖에 없었다.

'그렇기에 이 굴레를 깨야만 한다.'

영원한 회귀의 굴레에 빠져든다면, 현월 또한 제갈철과 같은 괴물이 되어 버릴 것이었다.

인간으로서의 감정과 요소를 완전히 상실한, 그저 모든 것에 있어 초탈해 버린 무생물적인 존재가 되어 버릴 것이었다.

그렇게 되고 싶진 않았다. 누군가는 이 굴레를 끊어야만 했다.

'그렇기에······.'

현월은 유설태를 응시했다.

여전히 뱃속에선 은은한 증오심이 배어 나왔다.

늙고 메마른 목을 비틀고 싶다는 충동이 자꾸만 뇌리를 후벼 팠다.

그러나 현월은 그 모든 감정을 억눌렀다.

더 큰 뜻을 위해.

[여남으로 간다.]

유설태는 현월의 말뜻을 알아듣고는 눈빛을 가라앉혔다.

[동맹 성립으로 봐도 되겠지?]

[…그래.]

현월은 나직이 심호흡을 했다.

아마도 이 상황은 제갈철 또한 감지하고 있을 터. 그렇다면 최대한 신속하게 움직여야만 했다.

[일단은 가면서 얘기하지.]

전음을 보냄과 동시에 현월은 전방으로 신형을 날렸다. 동시에 현인검을 득달같은 기세로 내찔렀다.

"……!"

두 사내의 몸이 겹쳤다. 달 아래로 기울어지는 그림자 속에서 칼날의 그림자는 유설태의 몸뚱이를 뚫고 나온 채였다.

이윽고 하나로 뭉쳐진 그림자가 달빛도 쫓기 버거운 속도로 내달리기 시작했다.

방향은 물론 북쪽이었다.

＊　　＊　　＊

"흠?"

제갈철의 표정이 기묘하게 일그러졌다. 그는 눈앞의 암후로부터 신경을 끄고는 현월과 유설태가 있는 곳으로 정신을 집중시켰다.

'죽인 건가?'

순간적으로 둘의 신형이 겹쳤고, 유설태의 호흡이 사라졌다. 그것만 보자면 죽은 게 확실했지만…….

"뭔가 찝찝하단 말이지."

제갈철은 불만스러운 얼굴로 입맛을 다셨다.

논리적으로 설명하기 애매한, 그저 감이라고밖에는 말할 수 없는 무엇.

제갈철이 그 느낌을 파악하려 애쓰는 동안, 암후 또한 틈을 찾기 위해 노력 중이었다.

'그런데…….'

그녀는 지독한 낭패감을 느꼈다.

눈앞의 사내는 그야말로 허점투성이였다. 시선이 닿는 곳 모두가 틈이고 약점이라고 할 수 있을 정도로.

한데 감히 그 사이로 비집고 들어갈 엄두가 나지 않았다.

'강하다.'

암후의 등허리로 식은땀 한줄기가 흘러내렸다.

앞서 맞서 보았던 현월 또한 그녀를 능가하는 절정 고수였지만, 눈앞의 사내는 정녕 그 격이 달랐다.

더군다나 암후의 상태는 완진하다고 하기 이려운 수준.

물론 장원혈에게 당한 상처는 대부분 아문 직후였다.

암천비류공 특유의 회복력은 그녀에게도 마찬가지로 작용하고 있었으니까.

다만 내상은 완전히 회복되지 않았고, 몸 곳곳의 관절들이 아직 삐걱거리고 있었다.

'이런 상태로 기습을 성공시킬 수 있을까?'

시도하기도 전에 마음속의 불안이 발목을 붙들었다.

그러한 암후에게로 제갈철이 시선을 돌렸다.

"소용없다는 걸 알 정도의 머리는 되는 모양이군."

"……."

"그게 아니면, 지금이라도 시도해 볼 텐가? 어느 쪽을 선택하든 나로서는 환영할 일인데."

암후는 입술을 잘근 깨물고는 기습을 포기했다.

"이제 어떻게 할 생각이죠?"

"글쎄."

제갈철은 느긋하게 팔짱을 꼈다.

"놈이 복수에 성공했으니, 이제는 지독한 허무감을 느낄 시간을 주어야겠지. 놈이 어지간히 멍청한 게 아니라면야, 나의 뜻을 깨닫게 될 테지."

"뜻?"

"너 또한 조만간 알게 될 것이다."

"만약 내가 거부한다면……?"

날이 선 암후의 반응에 제갈철은 픽 웃었다.

"정녕 그럴 수 있으리라 생각하나?"

암후는 도저히 그렇다고 답할 수가 없었다. 눈앞의 존재는, 그녀의 의지쯤은 능히 가볍게 꺾고 부수어 내동댕이칠 수 있는 자였으니까.

"그나저나……."

제갈철은 느긋한 태도로 몸을 돌렸다.

그러나 현월이 위치한 방향을 응시하는 그의 표정엔 조금의 장난기도 섞여 있지 않았다.

"놈이 엉뚱한 마음을 품었을 가능성도 없지는 않으니, 일단은 쫓아가 확인해 볼까?"

10장

잊지 못할 날

'으음.'

유설태는 아득해지는 정신을 다잡기 위해 노력했다.

주변의 풍광은 무시무시한 속도로 스쳐 지나가고 있었다. 유설태가 그간 경험해 온 것들과는 비교를 불허하는 속도였다.

혈교의 장로로서 수많은 고수를 보아온 그였다.

당연하게도 보법과 경신술의 극에 달한 이들 또한 여럿 만나 봤다.

그러나 지금의 현월에 비할 바는 아니라는 생각이 들었다.

머릿속의 피가 한곳으로 몰리는 기분에 유설태는 가까스로 현월에게 전음을 보낼 수 있었다.

[언제까지 이렇게 가야 하지?]

[여남에 도착하기 전까지.]

짤막히 대꾸한 현월이 이내 덧붙였다.

[놈에게 따라잡히지 않기 위해선 속도를 늦춰선 안 돼.]

유설태는 적잖이 놀랐다.

'또 한 명의 역천자의 능력이 그토록 빼어나단 말인가?'

현월의 말투나 태도 등을 통해 강하다는 것은 인지하고 있었다. 하지만 설마 그 격차가 이렇게까지 크게 날 거라고는 생각지 못했다.

'아니, 어쩌면 당연한 것일지도.'

미우라는 소녀를 살육 기계인 암후로 각성시킨 것도 바로 그일 터.

이를 감안한다면 그자에 대한 현월의 태도 또한 이해 못할 바가 아니었다.

[그 역천자의 이름은 뭐지?]

[제갈철.]

익숙한 이름.

유설태는 입술을 질근 깨물었다.

[그자였던 것인가. 어느 날 갑자기 실종되었다던 제갈세가

의…….]

[실종된 게 아니야. 또 다른 이름을 가면 삼아 숨어버린 것
뿐이지.]

[또 다른 이름이라고?]

[무림맹주 남궁월.]

[그런……!]

유설태는 기겁할 만큼 놀랐다.

그러나 마음 한편에서는 답답한 안개가 흩어지는 듯한 느
낌이 들었다.

[그랬던가.]

머릿속에 남아 있던 여러 의문점들이 해소되는 기분이었
다. 천하제일인의 갑작스러운 실종, 감히 짐작조차 하는 것이
불가능했던 남궁월의 무위, 그와 나누었던 몇 차례의 선문답
같은 대화…….

남궁월이 고고하고 초연했던 것은, 그가 문자 그대로 인세
를 초월한 존재였기 때문이었다. 또한 그가 만사에 깊이 관여
하지 않으려 했던 것은, 그 어떤 것도 그의 흥미를 끌 수 없기
때문이었다.

[그럴 테지. 셀 수도 없을 만큼의 생을 경험했으니, 그 어떤
것조차 자극이 될 수 없었을 테지.]

[…….]

[그렇다면 진짜 남궁월은 이미 죽었다고 봐야겠군.]

[아마도 그렇겠지. 이제 와서는 아무래도 좋은 일이지만.]

짤막히 대꾸한 현월이 지나가는 어조로 덧붙였다.

[조금 전에 추월했다.]

[추월이라고? 무엇을 말이지?]

[혈교도들.]

유설태는 뒤늦게 아차 싶었다. 그러고 보니 혈교도의 군세는 현재 여남으로 진군하는 중이었다. 유설태 본인의 명령을 받아, 여남을 공격하기 위해.

[잠시 멈추게. 상황이 바뀌었으니 유숭에게 말하여 명령을 철회해야 하네.]

[아니.]

현월은 차가운 태도로 대꾸했다.

[그대로 간다.]

[뭐라고?]

[지금 여기서 시간을 소비했다간 놈에게 따라잡힐지도 몰라. 그럴 수는 없어. 혈교도 놈들은 그대로 내버려 둔 채 간다.]

유설태는 말도 안 되는 소리라고 반박하려 했다.

그러나 이내 멈칫했다. 현월의 진짜 의도를 알 것 같았기 때문이다.

[그들을 방패로 삼으려는 것이군.]

[그래. 그것도 제갈철이 혈교 놈들에게 관심을 가져줄 때의 얘기지만.]

현월은 구태여 부정하지 않았다.

[놈이 혈교도들을 도륙하려 든다면 약간이나마 시간을 벌 수 있겠지. 그게 아니라면 혈교도들은 무사할 테고.]

[그리고 여남을 공격하려 들 것이야.]

[그렇다면 그때 가서 결착을 내면 될 일이다. 그것도 네 계획이 성공할 때의 얘기지만.]

진정한 대적(大敵)은 혈교도가 아닌 제갈철이다. 그 무엇보다도 혈교와 유설태를 증오해 온 현월이었지만, 지금만큼은 어쩔 도리가 없었다.

게다가 현월의 입장에선 크게 손해 보는 일도 아니었다. 관점을 조금만 뒤집어 보자면, 제갈철의 손을 빌려 혈교도들을 소탕할 기회이기도 했으니까.

물론 유설태의 입장에선 도저히 받아들일 수 없는 일일 터였다.

[우리가 일시 동맹을 맺었다는 사실을 벌써 잊은 건가?]

[잊지 않았어. 제갈철을 해치우기 위해 동맹을 맺었다는 사실 역시.]

[혈교를 저버리겠다면 동맹의 의미는 없다. 내 도움을 받겠

다는 생각 또한 버려라!]

[지금 돌아가 혈교 놈들과 노닥거리다간 제갈철을 피할 수
없어. 그렇게 되면 다 같이 개죽음을 맞게 되겠지. 그래도 좋
다는 건가?]

유설태는 침묵했다. 그의 이성이 현월의 말에 동의하고 있
었기 때문이다.

현재의 현월만 해도 백진설과 화무백에 버금가는 고수임
이 분명했다.

한데 제갈철은 그런 현월조차도 도저히 다가갈 수 없는 존
재처럼 느껴졌다.

그렇다면 답은 하나뿐. 회귀대법이라는 사술 자체를 깨는
것뿐이다.

그 외의 방법, 예컨대 혈교도와 현월이 힘을 합쳐 협공한다
하더라도 승산은 희박할 터. 거시적 관점에서 본다면 현월의
뜻대로 하는 것이 합당했다.

[쳇.]

현월의 표정이 미미하게 일그러졌다.

[걱정할 필요는 없게 됐군.]

[뭐라고?]

[놈 역시 혈교도들을 그냥 지나쳤다.]

유설태는 상반된 두 가지 감정을 동시에 느꼈다. 혈교가 무

사하다는 데에 대한 안도감과 고작 한 사람을 두려워해야 한다는 데에 대한 황당함이었다.

'이대로라면 반각 내에 따라잡힌다.'

현월의 미간이 한층 깊어졌다.

[사술을 깨기 위한 의식이라는 거, 무엇이 필요하고 얼마만큼의 여유가 필요하지?]

유설태의 몸이 움찔했다.

[대략 반 시진 정도의 시간이 필요할 것이네.]

현월은 이를 악물었다.

과연 자신이 제갈철을 상대로 그 정도의 시간을 버텨낼 수 있을지 알 수 없었다.

게다가 진짜 문제는 단순히 무한 회귀의 연쇄를 끊는 것만으로 끝이 아니라는 점이었다.

[사술을 깬 다음엔 어떻게 되지?]

[자신에게 걸려 있는 사술이 깨어졌음을 깨달은, 분노한 사내 한 명이 남아 있게 되겠지.]

[제갈철 본인은 그대로일 거라는 말이군.]

[아마도……. 물론 무조건 그럴 것이라고 확신하지는 못하겠네. 나도 방법만을 알고 있을 뿐, 단 한 번도 실행해 본 적은 없으니 말이야.]

[그럴 테지.]

역천자라는 존재 자체를 처음 조우했을 텐데 어찌 알겠는가. 현월은 새삼 마음속이 비워지는 듯한 기분을 느꼈다.

'여기가 마지막이라는 건가.'

아쉬움은 들지 않았다. 차라리 잘됐다는 생각도 들었다.

'최소한 놈의 노리개는 되지 않을 테니.'

만약 제갈철의 사술을 깨지 못한다면, 현월 자신에게 걸려 있는 사술이라도 깰 생각이었다. 그 대가가 되돌아올 수 없는 안식이라 하더라도.

'더 이상 회귀의 연쇄가 이어져선 안 된다.'

그것이 현월이 내린 결론이었다.

처음 과거로 돌아왔을 때는 물론 뛸 듯이 기뻤다.

가족들을 죽음의 위기에서 구해냈을 뿐만 아니라 현월 스스로 생각하기에도 많은 일을 해냈다.

하지만 그 결과는 결국 이것이었다.

'끝.'

지금 이 자리에서 제갈철을 막아내지 못한다면, 여남은 그날로 사라지게 될 터였다.

분노한 천하제일인의 손에 의해…….

결국은 회귀 이전, 녹림맹도들에게 유린당했던 상황과 다를 바가 없어지는 셈이다.

'물론 많은 것이 변하기는 했지만…….'

큰 관점에서 봤을 때 그것이 옳은지 묻는다면, 현월은 도저히 그렇다고 대답하지 못할 것 같았다. 다른 관점에서 보았을 땐 그날, 녹림맹에 의해 현검문이 멸문당하는 것이 옳은 일이었을 수도 있기에.

"……!"

현월의 시야에 여남의 전경이 비치기 시작했다.

고요한 성시의 벽 위로 희미한 햇살이 조심스럽게 떠오르고 있었다.

아침이 밝아 온다.

현월은 유설태에게 질문했다.

[회귀대법을 깨는 방법은? 어떤 식으로 의식을 진행하게 되지?]

[그것은…….]

대답하려던 유설태의 얼굴에 돌연 낭패감이 감돌았다.

"미치겠군."

유설태가 육성으로 중얼거렸다. 현월은 뭔가 잘못됐음을 직감하고는 미간을 구겼다.

[전음으로 말해. 뭐가 잘못된 거지?]

[내, 내가… 한 가지를 놓치고 있었다.]

[무엇을!]

[특정한 사술을 깨기 위해선, 사술이 걸린 당사자의 생(生)

과 직접적으로 연관된 물체가 필요하다.]

[생이라니?]

[예컨대 피나 살점… 혹은 오랜 기간 다루어 온 검이나 패물 같은 것들. 당사자의 영기가 어떤 형태로든 남아 있는 물건이 필요하다. 그것이야말로 사술을 깨뜨릴 핵심 요소라고 할 수 있다.]

현월은 하마터면 고함을 지를 뻔했다. 그걸 왜 이제야 말하느냐고 말이다.

하지만 가까스로 숨을 토하기 전에 입을 다물었다. 다행히도 그에 딱 맞는 요소가 존재했던 까닭이다.

[혈육이라면 네가 말한 조건을 충족시킬 거라 생각하는데, 맞나?]

현월의 질문에 유설태가 두 눈을 빛냈다.

[제갈철의 혈육이 이곳에 있다고?]

*　　　*　　　*

"이렇게 만나는 것은 처음이로군. 현무량이라 하외다."

현무량의 말에 제갈윤은 쓴웃음을 지었다.

"항상 만나 뵙고 싶었습니다, 문주님."

"고마운 말씀이로군. 그것이 한 사람의 학자로서 하는 말인지, 내 아들의 측근으로서 하는 말인지는 모르겠지만 말이오."

"문주님께서 어디까지 알고 계시는지는 모르겠습니다만……."

"알아야 할 것은 모두 알고 있다고 생각하오."

제갈윤은 입을 다문 채 현무량의 눈치를 살폈다. 그러나 현무량에게선 어떠한 살의나 적의도 느껴지지 않았다.

"내 잘못인지도 모르지."

현무량이 한숨과 함께 말을 토해냈다.

"그날 이후로 몇 번이고 고민을 해보았소. 혹여나 내가 그 아이를 그렇게 만든 것은 아닌지, 내 과오가 그 아이를 그렇게 변하게 한 것은 아닌지 말이오."

"암… 아니, 현월 공자는 그 누구보다도 훌륭한 무인입니다. 비록 한 발을 흑도에 담갔다고는 하나, 그것은 결코 개인의 사리사욕을 위함이 아니었습니다."

"그럴 테지. 하지만 내가 말하고자 하는 것은 그게 아니오."

"예?"

제갈윤은 당혹감을 느꼈다.

필요하다면 그는 수십 가지의 사료와 문건을 들이댈 수도 있었다.

현월과 암월방의 존재가 여남에 얼마나 긍정적인 영향을 미쳤는지를 증명하기 위해서, 안정된 세상을 위해 필요한 것이 비단 백도의 무리만이 아니라는 것을 알리기 위해.

그러나 그것은 어긋난 생각이었다. 애초부터 현무량은 그에 대해 말하려던 것이 아니었으니까.

"이런 말을 하는 나조차도 믿기 힘든 일이지만, 그 아이는 내가 알던 아이가 아니오."

"그게 무슨 말씀이십니까?"

"나와 안사람의 피를 이어받았으나, 내가 알던 아들은 아니라는 말이오."

현월을 자식으로 인정하지 않겠다는 뜻일까? 그러나 현무량의 태도나 어조로 봐서는 그게 아니었다.

"한 달도 채 되지 않는 짧은 기간이었소. 그 아이가 집을 떠났던 것은 말이오."

"……?"

"그 이전의 월이는 어느 모로 보아도 결코 훌륭한 자질을 지닌 무인이 아니었소. 귀하와 비교한다 한들 크게 특출하지는 않았을 테지. 그리고 무엇보다도, 우리 현검문의 것 이외엔 그 어떤 무공도 익히지 않았었소."

"그 말씀은……."

"늘어난 내공은 어떻게든 설명할 수 있을 것이오. 천년삼

이 되었든 그 외의 어떤 기연을 만났든 간에. 하지만 무공은 다르오. 하루아침에 다른 사람인 양 바뀐다는 것은 상상도 할 수 없지."

"……."

"백 번 양보하여 기연을 얻었다 생각할 수도 있을 것이오. 신비 고수를 만나 무공 자체를 전수받았을 수도 있겠지. 하지만 그렇다고 하여 몸에 배어 있던 사소한 버릇과 움직임조차 한순간에 바뀌지는 않을 것이오."

제갈윤은 아무 말도 할 수가 없었다. 다른 이가 하는 말이라면 그냥 흘려 넘길 수도 있겠지만, 지금 이 말을 꺼내고 있는 이는 현월의 아버지였다.

"생각의 틀이란 것도 마찬가지지. 그 어떤 대단한 기연을 얻는다 한들 인격 자체까지 급변하는 경우는 없소. 내가 그 아이에게서 무슨 느낌을 받았는지 아시오? 마치 나와 비슷한 연배가 아닌가 하는 착각마저 이따금 느꼈다오."

"현월 공자가, 사실은 아예 다른 사람이란 말씀입니까?"

"그렇지는 않을 것이오. 그 아이는 분명 내 아들이 맞으니. 하지만… 뭐랄까. 조금은 다르다고밖에는 설명하지 못하겠군."

"그렇군요."

제갈윤은 입을 다물었다. 도저히 무슨 얘기를 꺼내야 할지

감이 오지 않았다.

현무량의 말이 의미하는 바는 무엇일까. 더 이상 현월을 아들로 여기지 않겠다는 선전포고일까?

그러나 그의 어조는 결코 적대적이지 않았다. 게다가 현월과 암월방을 적으로 생각했다면, 이렇게 자신의 생각을 늘어놓지도 않았을 터였다.

'아니, 그게 아니다.'

제갈윤은 내심 고개를 저었다.

'현검문주께서는 그럼에도 불구하고 아들을 받아들이겠노라 말씀하고 계신 것이다.'

"나는 내 아들만큼 빼어난 무위를 지니진 못했소. 아마 귀하나 다른 이들이 그러한 것처럼 아들에게 큰 도움이 되지도 못하겠지."

현무량은 담담한 어조로 말을 이었다.

"그러나 내가 할 수 있는 일이라면 무엇이든 하고 싶소. 어떻게 변하였든 간에 그 아이는 나의 아들이기에."

"문주님……."

"내게 요청할 일이 있다고 들었소. 기탄없이 말씀해 주시구려."

"감사합니다."

바닥에 이마가 닿도록 고개를 숙인 제갈윤이 용건을 꺼내

놓았다.

"청랑이라 자칭하는 몽고인. 그의 힘이 필요합니다."

＊　　　＊　　　＊

"허가를 얻어냈습니다! 현검문주께서 뒷수습을 해주시기로 약조하셨습니다."

암월방의 장원으로 복귀한 제갈윤이 큰 소리로 외쳤다. 하지만 흑련과 유화란의 반응은 그리 밝지 않았다.

제갈윤 때문은 아니었다. 그녀들의 심장을 옭죄는 듯한 무시무시한 기운 때문이었다.

"너무 늦은 건 아닌지 모르겠군요."

"예?"

흑련은 제갈윤의 반문에 대답하지 않았다. 한마디를 떠들 시간조차 사치에 불과했기에.

그녀는 곧장 청랑이 있는 곳으로 향했다. 어리둥절해 하는 제갈윤에게는 유화란이 대신 설명했다.

"저 또한 자세히는 모르겠지만… 거대한 기운이 여남을 향해 다가오고 있어요."

"거대한 기운이라니요?"

"설명할 수가 없어요. 다만……."

유화란은 말하기가 두렵다는 듯 한동안 주저했다.

"무시무시한 존재라는 것만은 분명해요."

"암제님께서 돌아오시는 건……."

"그와는 달라요. 아니, 모르겠어요. 검은 안개가 낀 것처럼 모든 것이 불확실해서, 그 너머에 그 사람이 있는지조차도 짐작할 수가 없어요."

"그런……."

제갈윤은 고개를 돌렸다.

해가 조금씩 떠올라 사위를 비추기 시작하는 시간. 그의 눈에 들어오는 전경은 여느 때의 그것과 다를 게 없었다.

무인이라고는 할 수 없는 그로서는 도저히 그녀들이 말하는 기운이란 게 무엇인지 알 도리가 없었다. 다만…….

"아버지?"

자기도 모르게 입 밖으로 흘러나온 한마디.

유화란은 물론이고 제갈윤 본인조차도 그 말의 의미를 깨닫지 못했다.

* * *

"움직일 수 있겠어?"

"그렇다."

결박을 벗어내고 일어난 청랑의 몸은 눈에 띄게 수척해져 있었다.

하기야 당연하다면 당연한 일이었다. 어지간한 고수조차 절명을 면치 못했을 치명상을 입었던 데다, 치료 기간조차 길지 않았으니 말이다.

물끄러미 청랑을 바라보던 흑련이 말했다.

"당신도 느꼈겠지?"

"물론."

"이제야 풀어준 주제에 이런 말을 해야 한다는 게 미안하지만, 대책을 세우기엔 너무 늦은 것 같아."

"애초에 큰 기대를 가졌던 것은 아니지 않나? 그저 발버둥 이나마 쳐보려는 것뿐이었을 터인데."

"그건… 그렇지."

흑련은 자조적인 미소를 머금었다.

혈교의 세력은 더 이상 중요한 게 아니다. 최소한 그녀는 그렇게 생각했다.

어째서 그렇게 생각하느냐고 묻는다면 합리적으로 설명할 자신은 없었지만 말이다.

아마도 그건 청랑이나 유화란, 그 외 다른 이들도 마찬가지일 터였다.

'무인을 자부하는 사람들이라면…….'

어느 누구라도 이 기운 앞에서 심장이 약동하지 않을 수 없을 터.

무언가가 오고 있다. 흑련은 그저 그렇게밖에 표현할 수 없을 것 같았다.

*　　*　　*

"오기를 잘 했구려. 그렇지 않소?"

멀리, 남쪽으로 여남이 내다보이는 언덕.

그 위에 선 금왕의 질문에 바로 옆에 있던 혜법은 무겁게 고개를 끄덕일 따름이었다.

그들의 뒤를 따르는 것은 수많은 무림의 명숙. 임시 무림 동맹의 참여자들이었다.

무림맹의 붕괴와 혈교의 준동.

연이은 사건들이 해일처럼 강호를 덮쳤고, 이에 무림 명숙들은 다시 한 번 합심하여 무림의 질서를 되찾기로 결의했다.

그리하여 숭산 소림사를 중심으로 구성된 것이 현재의 연합체였다.

물론 모든 이들이 순수하다고는 할 수 없었다. 화산의 이름에 먹칠을 한 저 마종운 같은 자가 그러했고, 그 외에도 수많은 이가 개인의 영욕을 위해 숭산을 방문했다.

그러나 선열(先烈)의 마음으로 힘을 보태기 위해 찾아온 이들도 분명 적지 않은 숫자였다.

"이 몸은 결코 아니지만 말이지."

빙긋 웃으며 중얼거리는 금왕.

그러나 혜법은 알고 있었다. 이 연합체는 금왕의 도움 없이는 형성될 수 없었다는 것을.

인간은 살기 위해 먹어야 한다. 그것은 인간들의 모임인 연합체 또한 마찬가지.

어떤 면에서는 단순한 개개인의 합 이상으로 많은 것을 필요로 하는 것이 사람 간의 모임이었다.

마찬가지로 신생 무림 연합체 또한 연료, 혹은 식량을 필요로 했다.

쉽게 말하자면 군자금이라 할 수 있을 것이다.

규모에 걸맞은 막대한 자금의 대부분을 지불한 이가 바로 금왕이었다.

그가 자금 및 자잘한 부분을 도맡아 해결했기에, 혜법을 비롯한 나머지 무림 명숙들은 하나로 뭉치는 데에만 온전히 집중할 수 있었다.

"시주의 도움을 소림은 결코 잊지 않을 것이오"

"되었소. 그저 내가 좋아서 한 일이었을 뿐이니. 대사께서도 아시겠지만, 설령 반대편이 같은 입장이었다 하더라도 나는 도우려고 했을 것이오."

"설령 그렇다 하더라도 빈승은 감사하다고 했을 거외다."

"흠. 물론 그러시겠지요."

비꼬는 것인지 아닌지 알 수 없는 미묘한 금왕의 대답이었지만 본디 그의 어법이 이런 식임을 알고 있는 혜법은 그저 빙그레 웃을 따름이었다.

물론 그 웃음은 새벽녘의 이슬처럼 금세 사라져 버렸지만 말이다.

금왕 또한 얼굴에 웃음기 하나 떠올리지 않고 있었다.

"그 모든 노력이 어쩌면 허사가 될지도 모르오."

"……."

"대사께서도 내 말뜻이 무엇인지 이해하리라 믿소."

"음."

혜법은 고개를 끄덕였다.

기실 그뿐 아니라 이 자리에 있는 고수들 대부분이 느끼고 있을 터였다.

거대한 무언가, 혈교 따위와는 비교도 할 수 없을 존재가 지금 여남으로 향하고 있다는 것을.

이는 금왕 또한 마찬가지였다.

다만 그는 여타 고수들과 달리 무인의 감이 아닌, 돈을 다루는 자의 감으로써 그것을 감지했다는 차이점이 있었다.

"괴물을 만나는 것은 화무백과 백진설로 끝인 줄 알았건
만."

헛웃음을 머금은 금왕이 내쳐 중얼거렸다.

"오늘은 정말 잊지 못할 날이 되겠군."

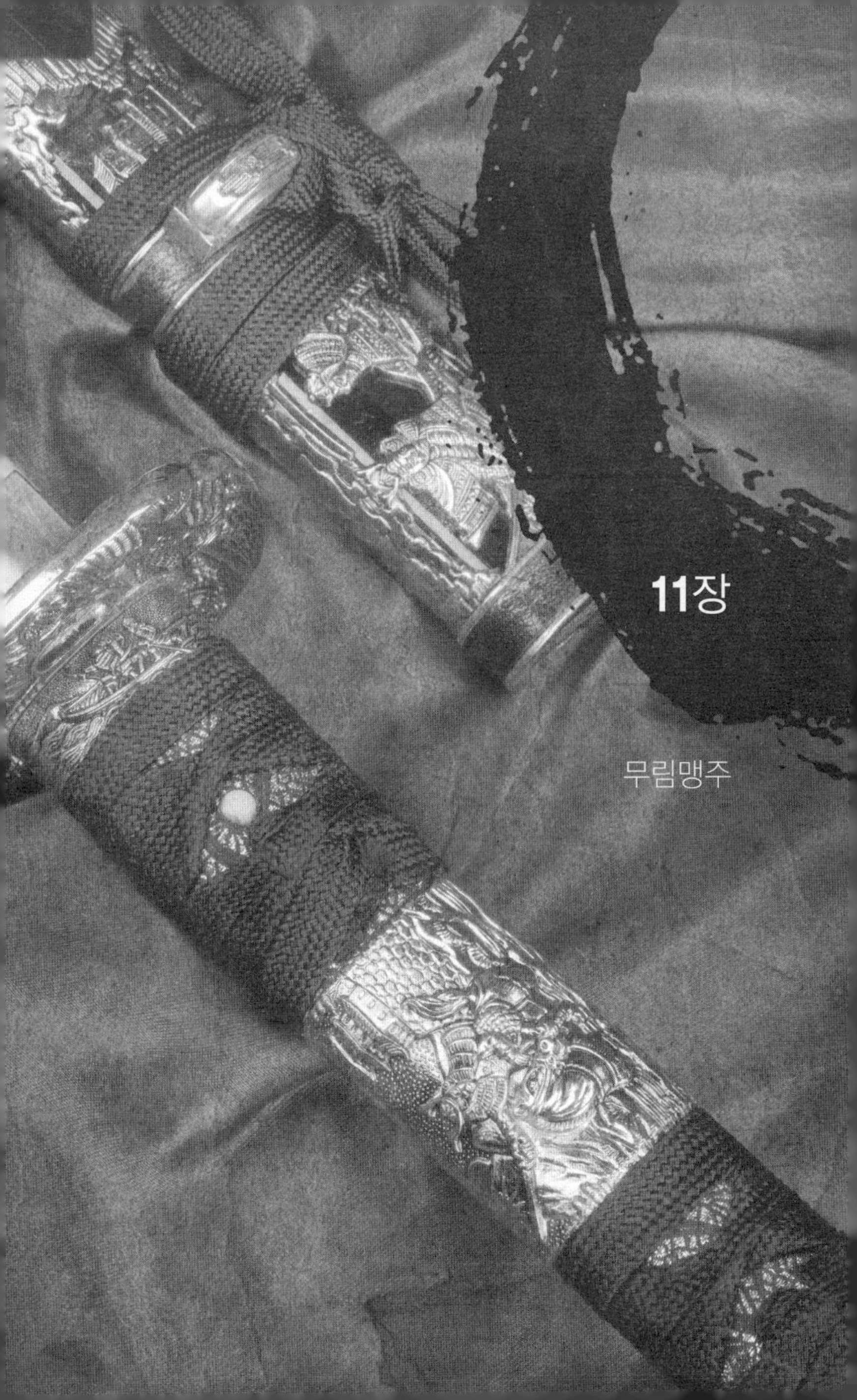

11장

무림맹주

"무슨 수작이더냐?"

폭풍처럼 스쳐 지나가는 풍광 속에서 제갈철은 중얼거렸다.

그는 혈을 짚여 몸이 마비된 암후를 옆구리에 끼워둔 채 현월을 뒤쫓고 있었다.

"흠."

제갈철은 딱히 분노하지 않았다.

분노보다는 호기심과 의문이 머릿속을 가득 채우고 있었다. 더불어 약간의 흥미 역시.

'놈을 죽이지 않았군.'

아주 잠깐이지만 처음엔 속아 넘어갔었다. 현월이 유설태를 죽였다고 생각했던 것이다.

그러나 정신을 집중하고 보니, 유설태의 호흡이 미약하게나마 계속되고 있다는 것을 알 수 있었다.

'죽이는 대신 양팔로 붙들고는 여남을 향해 질주하고 있다.'

게다가 조금 전에는 앞서 전진 중이던 혈교의 병력마저 추월하여 그대로 달려가 버렸다.

찰나의 조우조차 없이.

이건 생각하는 바가 너무나 노골적이어서 헛웃음이 나올 지경이었다.

'혈교 잔챙이들을 버림 패로 삼으려 했다는 것인데……'

이유라면 역시 하나뿐일 것이다.

혈교도들의 목숨을 재물 삼아 제갈철을 잠깐이나마 저지하겠다는 의도.

물론 제갈철은 그런 수작 따위에 넘어갈 만큼 호락호락하지 않았다.

어차피 혈교도들 따위, 그에게 있어선 숫자만 조금 많은 날파리 떼에 불과했으니까.

그래서 그 또한 혈교도들을 무시한 채 현월의 뒤를 추격했다.

"재미있군."

빗발처럼 몰아치는 역풍 속에서 제갈철은 새하얀 이를 드러내며 웃었다.

얼마나 바라마지 않던 일이던가?

셀 수도 없을 만큼의 삶과 회귀를 반복해 온 그에게 있어, 지금과 같은 상황은 사막 한복판에서 발견한 호수와도 같았다. 지루함을 탈피할 수 있는 기회. 박제되다시피 한 삶에 변화를 줄 계기.

불안감은 딱히 생기지 않았다.

다만 의아하기는 했다.

'그토록 죽이고 싶어 했던 유설태를 왜 살려둔 것이지?'

물론 이 정도 의문쯤이야 쫓아가서 확인해 보면 해결될 일.

다만 현월의 경공술이 제갈철이 생각했던 것보다 뛰어났기에, 둘 사이의 거리는 쉽게 좁혀지질 않고 있었다.

'그만큼 똥줄이 빠져라 달아나고 있는 것이겠지.'

제갈철은 큭큭 소리를 내며 웃었다.

또 한 가지의 가능성이 뇌리를 스치긴 했으나, 그는 이내 이를 부정했다.

'놈에게 이 이상의 저력이 더 남아 있을 리 만무하다.'

이미 현월의 무위는 궁극에 달했다. 제갈철만 없었던들 능히 천하제일이라 자부할 수 있었을 터. 화무백과 백진설이 동시에 살아 돌아온다 하더라도 지금의 현월을 능가하기는 어려울 터였다.

그리고 이는 곧, 그것이 현월의 한계임을 뜻하기도 했다. 최소한 제갈철의 생각은 그러했다.

'놈이 나보다 강해지는 일 따위는 일어나서도 안 되고 일어날 수도 없다.'

수십 차례의 회귀를 경험하여 정신적으로도 육체적으로도 더 이상 오를 곳이 없는 경지를 달성한 제갈철을, 고작 한 번의 회귀만을 경험한 현월이 뛰어넘는다는 것은 말이 되지 않았다.

그사이 제갈철의 시야에도 여남의 성벽이 들어왔다. 그리고 그 너머, 조금씩 떠오르고 있는 아침 햇살 또한.

'여남이라.'

제갈철은 눈매를 좁혔다.

그가 여남에 대해 알고 있는 것은 그리 많지 않았다.

애초부터 여남은 그다지 관심을 둘 만한 장소가 아니었던 까닭이다.

대단한 신비 고수가 은거하고 있는 것도 아니고 지리적으로 중요한 지점도 아니다.

빼어난 무학을 소유한 문파가 존재하는 것도 아니며, 하다 못해 혈교와 어떠한 연관이 있는 것도 아니었다.

이제 와 헐레벌떡 달려갈 필요가 없는 것이다.

'자기 가족들이라도 살리겠다는 건가? 그러나 무의미한 짓임을 모르지는 않을 텐데.'

제갈철의 추측이 꼬리에 꼬리를 물고 이어졌다. 어차피 추측은 추측에 불과했지만.

그래도 썩 기분이 나쁘지는 않았다. 이렇게까지 머리를 굴려보는 것도 실로 오래간만이었으니까.

하지만 이것도 금세 질리게 될 터.

그 후에도 현월이 자신의 기대감을 충족시켜 줬으면 하는 것이 제갈철의 바람이었지만, 아마도 이는 그리 쉽지만은 않은 일일 터였다.

"뭐, 어쨌든 당장은 봐주도록 하지. 그러니 어디 마음껏 발악해 봐라."

*   *   *

현월은 단숨에 도약하여 여남의 성벽을 넘어섰다.

그런 그를 향해 헐레벌떡 다가오는 이들은 궁사독을 비롯한 하오문도들이었다.

성벽을 지키고 있었던 모양이었다.

'흑련, 혹은 제갈윤인가?'

아마도 둘 중 한 명이 명령을 내렸을 테지.

현월은 생각을 전개하는 동시에 턱까지 차오른 숨을 진정시키고자 노력했다.

암월방을 관찰 겸 지원하기 위해 하오문에서 파견된 요원이 바로 이들이었다.

물론 하오문 또한 뒤로는 금왕이 이끄는 암류방과 연계되어 있는 집단이었기에 이들은 실질적으로 금왕의 수족에 가깝다고 봐도 좋았다.

하오문도들은 경악한 눈으로 현월을 바라보고 있었다. 그들의 입장에선 현월이 숨이 차 있다는 것조차도 생경한 광경이었던 까닭이었다.

"대체 무슨 일입니까?"

궁사독의 질문에 현월은 곧바로 대답하진 않았다. 지금 꺼내는 말조차 제갈철에게 도청당할 가능성이 있었기 때문이다.

[전음으로 대답해. 제갈윤은 어디에 있지?]

움찔 놀라는 궁사독.

그러나 그 또한 경험 많은 요원이었던 만큼 현월의 말을 바로 이해했다.

[여느 때와 마찬가지로 장원에 있을 것입니다. 저희는 무얼 하면 됩니까?]

[죽으라 하면 죽을 수 있나?]

궁사독의 눈동자에 결의가 스쳤다.

[그래야 한다면.]

[…우리가 그 정도 사이까지는 아니라고 보는데.]

[의리나 정 때문이 아닙니다.]

딱 잘라 말하는 궁사독에 현월은 쓴웃음을 지었다.

"하오문도로서의 자존심 같은 건가?"

"그렇게 거창한 것도 아닙니다. 그저 임무를 맡았으니 따를 뿐. 죽음쯤이야 어차피 이 일을 시작했을 때부터 각오했던 일입니다."

그제야 나머지 하오문도들도 둘 사이에 대화가 오갔었음을 깨달았다. 현월은 고개를 살짝 끄덕여 궁사독의 각오에 경의를 표했다.

"나를 추격하는 자가 곧 이곳에 당도할 거야. 목숨을 걸라고는 하지 않겠어. 다만… 동원할 수 있는 모든 수를 써서 놈을 방해해 줬으면 해. 촌각만큼의 여유라도 벌어야 하니까."

"알겠습니다."

대답을 듣자마자 현월은 몸을 날렸다. 유설태는 그의 옆구리에 끼워지다시피 한 상태였다.

궁사독은 노인의 정체 따위는 묻지 않았다. 이미 그 또한 어렴풋이 느끼고 있었기 때문이다.

'저자, 암제를 헐떡이게 만든 존재가 곧 이곳으로 온다.'

어쩌면 죽을지도, 아니, 아마도 죽을지도.

궁사독은 이를 악물고서 결의를 다졌다.

현월의 말마따나 촌각이라도 시간을 벌 수 있을까 싶었지만, 그로서는 그저 최선을 다할 수밖에 없는 일이었다.

같은 시각, 혜법을 필두로 한 신생 무림 연합이 여남의 북문으로 들어섰다.

*　　*　　*

"뭔가 생각이라도 있는 건가?"

얌전히 현월에게 붙들려 있던 유설태가 질문했다. 현월은 조금 고민하다가 전음을 통해 대답했다.

[제갈윤이 이곳에 있다.]

유설태의 두 눈이 서늘한 빛을 토했다.

[제갈윤이라면…….]

[제갈철의 아들. 정작 제갈철 본인은 아무런 감정도 가지고 있지 않을 테지만.]

회귀의 시작점, 그 이전에 낳았기에 어쩔 수 없이 존재하게 됐을 뿐인 혈육.

어차피 인세의 연 따위는 예전에 가져다 버린 제갈철이었기에, 제갈세가나 자신의 혈육에 대해선 아무런 감정도 남아 있지 않을 터였다.

하지만 그렇다고 하여 두 사람이 혈연관계라는 사실이 바뀌진 않는다.

그리고 그 사실이야말로 현월 측이 펼칠 수 있는 반격의 핵심이었다.

[그렇군.]

유설태는 단번에 모든 것을 이해했다. 그사이 현월은 어느덧 암월방의 장원에 다다르고 있었다.

쾅!

문을 박차고 안으로 들어섰다. 급히 걷어찬 까닭에 문짝들이 무서운 기세로 떨어져 나갔다.

"……!"

막 본관을 빠져나오던 흑련과 청랑이 흠칫했다.

이내 현월과 유설태의 얼굴을 확인한 흑련의 눈동자가 미세하게 흔들렸다.

"무사했군요! 한데 그자는?"

"설명할 시간이 없어."

현월은 곧장 두 사람을 지나쳐서 안으로 걸어 들어갔다.

당황하는 흑련을 향해 청랑이 말했다.

"그를 따라가라. 나는 먼저 가 있겠다."

"뭐? 하지만……."

"마음이 흔들리면 제대로 싸울 수도 없다."

"…알겠어."

이제 와서 청랑이 배신하지는 않을 터. 흑련은 그를 믿기로 했다.

흑련이 현월을 따라 안으로 들어갔다. 청랑은 곧장 몸을 날려 여남의 거리 위를 질주했다.

이윽고 그의 눈에 들어온 것은 자그만 무기상.

콰직!

벽을 부수고 들어간 그가 손에 짚이는 대로 무기들을 챙기기 시작했다.

"뭐, 뭣……?!"

상점 주인은 워낙 갑작스러운 상황에 얼이 빠져서는 그저 청랑이 하는 일을 바라보기만 할 따름이었다.

청랑은 누구의 방해도 받지 않은 채 필요한 무기들을 전부 챙겼다.

"음……."

몸이 약간은 묵직한 듯한 느낌. 예전이라면 느끼지 못했을 감각에 청랑은 내심 쓴맛을 느꼈다.

'많이 쇠약해지기는 했군.'

죽음만 겨우 면하는 중상에서 갓 일어난 입장이니 어쩔 수 없는 일이었다.

무기를 모두 챙긴 청랑이 뒤늦게 생각난 듯 상점 주인에게 말했다.

"붕대는 없나?"

"뭐, 뭐요?"

기가 막혀 하는 주인의 얼굴.

청랑은 잠시 고개를 갸웃거리고는 무언가를 품에서 뒤져서 던졌다.

그 무언가를 받아든 주인의 얼굴이 눈에 띄게 밝아졌다. 척 봐도 값깨나 나가게 생긴 비취옥이었던 것이다.

본래는 초원의 전사로 인정받은 이에게만 주어지는 신물(神物). 그러나 지금의 청랑으로서는 아껴야 할 필요를 느끼지 못했다.

"그거라면 무기 값과 수리비로는 충분할 테지."

"그, 그것이……."

"붕대, 없나?"

"붕대는 없지만 이거라면……."

상점 주인은 병기 포장용 헝겊을 내밀었다. 청랑은 아쉬운 대로 이를 받아들었다.

"어디 전쟁이라도 벌이러 가우?"

"비슷하다."

대충 대꾸한 채 몸을 돌리려는 청랑에게 주인은 무언가를 내밀었다.

"받으시구려."

"……?"

"금창약이오. 싸구려지만 없는 것보다는 개미 눈물만큼이라도 나을 테지. 덤이라고 생각하고 가져가시구려."

"…고맙소."

고개를 꾸벅 숙인 청랑이 곧장 바깥으로 몸을 날렸다. 상점 주인은 뻥 뚫린 벽과 청랑이 사라진 방향을 번갈아 바라보며 중얼거렸다.

"오늘 장사는 접어야겠군."

*　　　*　　　*

휘이이이.

여남성 남문의 기와 위. 그 자리에 우뚝 선 제갈철이 성내를 한 바퀴 둘러봤다.

"이걸 노렸던 것이냐?"

그의 미간에 처음으로 파문이 일었다. 약간의 짜증에 불과하긴 했지만.

암후는 제갈철의 옆에 널브러진 채였다.

여전히 혈도를 제압당한 상태.

다만 정신은 온전한지라 대강 돌아가는 상황을 파악할 정도는 되었다.

"너무 많단 말이지."

제갈철의 양미간에 한층 골이 파였다.

수만 명의 인구가 바글거리는 도시.

그 안에서 현월은 제갈철조차도 쉽게 찾아내지 못할 수준으로 기척을 감추었다.

예컨대 이곳은 지금 바늘 하나가 섞여 들어간 백사장과도 같았다.

물론 제갈철의 능력을 비유하자면 자철(磁鐵)이라 할 수 있을 것이나, 자철의 자력이 아무리 강하다 한들 가까이 가기 전까진 바늘을 찾아낼 수가 없는 법이었다.

"대체 무슨 개수작을 부리려는 것이냐."

제갈철은 불만스러운 표정으로 팔짱을 꼈다.

"다 치워 버릴까?"

가장 간단하면서도 간편한 방식, 몰살.

귀찮은 장해물들을 싹 쓸어버리고 나면 제아무리 현월이라 한들 나서지 않을 수 없으리라.

하물며 그 안에 자신의 가족들까지 포함되어 있다면 말할 나위 없었다.

물론 그게 아니더라도 방법이야 많았다.

현검문을 직접 찾아가도 될 테고, 암월방의 위치 또한 조금만 수소문해 보면 금방 찾아낼 수 있을 것이었다.

"대, 대체… 무엇을……."

암후의 목소리가 제갈철의 귓가로 흘러들었다.

제갈철은 이채를 띤 눈으로 그녀를 돌아봤다.

"제법이로구나. 점혈당했는데도 지껄일 수 있다니. 흠, 하긴 너 또한 암천비류공의 전승자였지."

"다, 당신은……."

제갈철이 손가락을 튕겨 지풍을 날렸다. 점혈당한 암후로서는 방어나 회피가 불가능했고, 지풍은 그녀의 혈도를 타격했다.

"……!"

입의 주도권이 돌아오는 감각에 암후는 흠칫했다. 그 모습에 제갈철이 빙긋 웃었다.

"이제 떠들어 보아라. 무슨 말을 하려는지 궁금해졌다."

"……."

"기껏 아혈을 풀어주니 침묵하는 건가? 퍽 변덕스러운 성격이로군."

"대체 무슨 짓을 하려는 거죠?"

"글쎄. 그건 내가 아니라 현월 놈에게 물어야 할 것 같지 않나?"

"그는 당신과 손을 잡지 않을 거예요."

"착각하고 있군. 나는 놈에게 손을 내민 적도 없다. 손을 내민다는 건 동등하거나 수준이 비슷한 존재 사이에서나 통용되는 것이니."

비견할 데 없는 자존감.

암후가 황당해하고 있는 사이, 제갈철은 다른 곳으로 시선을 돌렸다.

"찾으려는 놈은 보이질 않고, 귀찮은 쥐새끼들만 꼬여드는군."

얼마 떨어지지 않은 위치에 갖가지 병장기로 무장한 다섯 명의 무인들이 있었다.

궁사독을 포함한 하오문도들이었다.

"현월에게로 안내해 주려는 것이냐?"

"……"

별것 아닌 질문인데도 궁사독은 대답하질 못했다.

그 또한 하오문 최고의 요원 중 하나인데도, 제갈철의 시선을 받은 순간 대호 앞의 쥐처럼 온몸이 마비되어 버렸다.

'격이 다르다!'

궁사독은 이를 악물었다.

그제야 어째서 현월의 숨이 턱까지 차올랐었는지 이해가

되었다.

현월 또한 그의 입장에선 아득한 경지의 괴물이었건만, 이 자는 아예 그런 현월의 경지조차도 초월한 듯했다.

"오늘따라 벙어리를 많이 보게 되는군. 기세 좋게 모습을 보였으면 최소한 너를 죽이겠다 정도의 말은 떠들어 줘야 하는 것 아닌가?"

"……."

"뭐, 좋다. 말하지 않더라도 알아낼 방법이야 무궁무진하니."

뚜둑.

제갈철이 가볍게 목을 좌우로 꺾었다.

그 순간 궁사독은 필사적으로 잠력을 짜내어 수하들에게 전음을 날렸다.

[전력을 다해 달아나라!]

우스운 일이었다. 전음 따위를 날리는 데에 필사적일 것은 무엇이며, 기껏 싸우러 오자마자 달아나라는 것은 또 뭔가.

그러나 궁사독도 하오문도들도 결코 그것을 우습다고 생각할 수가 없었다.

달아난다.

뇌로부터 시작된 신호가 척수를 지나 온몸으로 퍼진다. 그 찰나의 과정이 이루어진 뒤에야 의식적인 움직임이 생겨날

터. 그러나 그 과정이 채 끝나기도 전에 제갈철은 이미 그들의 앞에 와 있었다.

사고의 속도마저 뛰어넘는 움직임.

"귀찮다."

터엉.

궁사독을 제외한 나머지 네 하오문도의 머리가 허공으로 치솟았다.

눈으로 쫓을 수조차 없는 속도.

반사적으로 상체를 낮춘 궁사독의 목 언저리에서 가느다란 선혈이 흘렀다.

"제법이구나. 베려고 마음먹고 날렸는데."

날리다니, 무엇을? 궁사독은 반문이 튀어나오려는 것을 애써 참았다.

애초부터 알고서 피한 것도 아니었고, 상대가 어떤 형태의 공격을 펼친 것인지 짐작조차 할 수 없었다.

다시 말해 이 일격을 회피한 것은 결국 운이 좋았기 때문이란 뜻.

천운이 뒤따랐다고밖엔 표현할 길이 없었다.

"뛰어요!"

암후의 외침이 궁사독의 귓전을 때렸다.

"으아아아!"

궁사독은 비명을 토하며 있는 힘껏 도약했다. 정작 제갈철은 아무 행동도 취하지 않았음에도.

"헉, 헉, 허억……."

십여 장가량 거리를 벌린 궁사독이 숨을 가쁘게 몰아쉬었다.

반격 따윈 감히 생각도 할 수 없었다. 머릿속은 새하얗게 탈색된 지 오래.

무시무시한 공포만이 그의 의식을 짓누르고 있었다.

'제기랄, 제기랄 빌어먹을!'

궁사독은 마음속으로 연신 욕설을 토했다. 이제야 현월이 말했던 게 의미하는 바를 알 것만 같았다.

제갈철은 여전히 여유로운 시선으로 그를 응시했다.

"좀 지껄여 볼 마음은 들었나?"

"그, 그, 그는 암월방의 장원으로 향했소!"

궁사독이 황급히 소리쳤다.

끔찍할 정도의 자괴감을 느끼며.

'그자 앞에서 뭐라도 된 양 지껄일 때는 언제고…….'

그러나 어쩔 수 없었다. 그 어떤 것도 죽음의 공포를 이겨 낼 수는 없었으니까.

다른 잘난 작자들이라면 또 모르겠지만, 최소한 궁사독은 그러했다. 막상 죽음을 눈앞에 두고 보니 조금이라도 더 살고 싶었다.

"암월방의 장원이라, 그게 어디지?"

제갈철이 질문했다.

수없이 중첩된 그의 회귀 속에서 단 한 번도 존재하지 않았던 것이 암월방에 대한 정보였다.

애초에 현월이 회귀한 게 이번이 처음이었으니, 당연하다면 당연한 얘기겠지만.

"아, 안내를 해드리겠소."

"할 거라면 빨리 해라."

"무, 물론……."

몸을 돌리려던 궁사독이 순간 흠칫했다. 그와 거의 동시에 제갈철의 입가에도 미소가 감돌았다.

쐐애애액!

은색 일직선이 궁사독의 뒤편으로부터 제갈철의 미간까지 이어졌다.

예술적이기까지 한 기습 사격.

화살은 궁사독의 머리칼 몇 올을 잘라내며 날아가, 제갈철의 미간을 향해 거짓말처럼 날아들어 갔다.

그러나 목표에 적중하는 일은 없었다. 화살이 날아든 속도보다도 빠른 손놀림에 튕겨 나갔다.

"대단하구나. 시위를 놓기 직전까지는 눈치채지 못했을 정도야."

피잉!

그에 대답이라도 하듯 몇 발의 화살이 더 날아들었다.

그러나 제갈철은 조금도 긴장하지 않은 채 중얼거릴 따름이었다.

"미련이 많은 성격이군. 은신이 들킨 이상은 수억 발을 날린다 한들 소용없거늘."

후드드득.

화살들은 제갈철의 근처까지 가지도 못한 채 산산조각이나 흩어졌다.

그와 동시에 백여 장쯤 떨어진 위치에서 기왓장 몇 개가 땅으로 떨어졌다.

'빌어먹을.'

청랑은 이를 악물었다. 저격 위치를 벗어나던 와중에 기왓장 몇 개를 발로 밟아 떨어뜨렸다.

부상을 입은 데다 마음이 조급해진 탓에 평소라면 하지 않았을 실수를 한 것이다.

물론 그 실수가 없었던들 무사하지는 않았겠지만.

쉬익!

청랑의 눈앞에서 돌연 광풍이 일었다.

"……!"

이를 악문 청랑이 허리춤의 대도를 뽑아 휘둘렀다. 눈으로 쫓아 반격했다기보다는 반사적으로 휘두른 것에 불과한 반격이었다.

역시나 대도는 애꿎은 허공만을 갈랐다.

그 와중, 제갈철은 대도의 옆면을 가볍게 손끝으로 두드렸다. 그것만으로도 큼직한 칼날이 쨍강 잘려 나갔다.

"큭!"

당황한 청랑의 눈에 귀신처럼 스쳐가는 인영. 청랑은 그 방향을 향해 발끝을 날렸다. 기마 돌격으로 내지르는 창격에 가까운 엄청난 위력이었으나, 이 역시 허무하게 허공만을 가를 따름이었다.

그리고 거짓말처럼 허벅지 위로 내리꽂히는 쇳덩이.

조금 전 잘려 나간 대도의 칼날이었다.

"크윽!"

뜨끈한 피가 사방으로 튀었다. 청랑은 머릿속이 새하얘지는 격통 속에서 비틀거렸다.

"성치도 않은 몸으로 무리하는군, 호인(胡人) 주제에."

잘려나간 칼날의 단면 위에 손을 얹은 채 이죽거리는 제갈철.

그가 마음만 먹었던들 그대로 허벅지를 벨 수 있었겠지만, 칼날은 반쯤 박혀 들어가는 정도에 그쳐 있었다. 물론 이것이

호의에 의한 결과는 결코 아닐 터였다.

"흠, 이제 보니 호인은 아닌 것 같군. 북적(北狄)인가? 뭐 어느 쪽이든 간에 야만인 놈이라는 점은 변하지 않지만."

"크……!"

청랑은 까무러칠 것 같은 격통 속에서도 기어코 주먹을 날리려 했다.

그러나 제갈철은 가볍게 피하며 허벅지에 박힌 칼날까지 살짝 비틀었다.

"……!"

의식이 날아갈 것 같은 격통이 청랑을 엄습했다.

어지간한 고수라 한들 조금 전의 고통 앞에선 정신을 잃었을 것이다.

청랑이 견뎌낼 수 있었던 것은 오로지 초인적인 정신력 덕분이었다.

지금 상황에선 그 이상을 바라기는 불가능하겠지만.

그제야 청랑은 제갈철의 얼굴을 확인할 수 있었다. 강자라고는 딱히 생각되지 않는 평범한 얼굴. 그러나 그렇기에 더더욱 두려운 것이었다.

"으으으……!"

찰나지간의 일전을 지켜본 궁사독은 혼백이 빠져나간 듯한 얼굴이었다.

기실 그의 입장에선 청랑 또한 압도적인 강자일진대, 제갈철은 그 청랑을 어린아이 다루듯 제압해 버린 것이다.

제갈철은 궁사독에겐 더 이상 신경 쓰지 않았다. 더 재미있는 장난감이 나타났기 때문이다.

"네놈 또한 현월의 끄나풀인가?"

"……."

"오늘 만나는 놈들은 하나같이 이러는군. 뭐, 효과 직방인 특효약이 있기는 하지만."

꾸우우욱.

무시무시한 완력으로 비틀려지는 칼날. 허벅지 살이 찢겨 나가는 느낌에 청랑의 두 눈에 핏줄이 돋았다.

"크아아악!"

절명당했어도 이상하지 않았을 치명상을 입고도 신음 하나 흘리지 않았던 그였으나, 지금의 격통은 그야말로 상상을 초월했다.

까무러치기 일보 직전인 청랑을 보며 제갈철은 빙긋 웃었다.

"이제는 좀 지껄일 마음이 들었나?"

"지옥에나… 떨어져라."

"나도 정말 그랬으면 좋겠군. 기왕 떨어진 김에 염라대왕 자리나 빼앗게 말이야."

"미친놈!"

"꽤 듣기 좋은 목소리인걸. 하지만 내가 듣고 싶은 내용은 아니야."

제갈철이 재차 칼날을 비틀기 시작했다.

"끄, 으으으······!"

청랑은 이를 꾹 악문 채 신음했다. 얼굴은 새하얗게 질리고, 입가로는 게거품이 뚝뚝 흘러내렸다.

그리고 그 광경을, 궁사독과 암후가 얼어붙은 채로 바라봤다. 두 사람 모두 고개를 돌려 외면하고 싶었지만, 이상하게도 시선이 떼어지질 않았다.

"멈춰라!"

강렬한 일갈과 함께 날아드는 장력. 황금빛으로 번뜩이는 기운이 제갈철을 엄습했다.

콰아아아앙!

제갈철과 청랑이 있던 자리가 그대로 폭발했다. 깨진 기왓장과 벽돌 조각들이 사방으로 튀는 가운데, 제갈철은 또 다른 건물 위에 안착했다.

혼절한 청랑이 그의 손끝에 붙들린 채였다.

"매정하기 짝이 없는 정의의 사도로군. 내가 피하지 않았다면 이 야만인 놈이 죽었을 텐데?"

"······."

장법을 날린 상대방은 입을 꾹 다문 채 침묵했다. 제갈철은 여유를 잃지 않은 얼굴로 물었다.

"뭐하는 놈이냐."

"소림의 무승, 범화!"

"소림도 갈 데까지 갔군. 적을 죽이기 위해 자기편까지 해치려 들다니 말이야."

"그로 인한 업보조차 짊어지기로 다짐했기 때문이지. 그러니 지껄이고 싶걸랑 네놈 좋을 대로 지껄여라."

"훌륭한 태도로군."

피식피식 웃는 제갈철의 반응에 범화는 한층 분노했다. 그런 그의 뒤로 비슷한 체구의 무인들이 다가들었다.

하나같이 회색의 법의를 차려 입은 중들. 소림의 무승임이 분명해 보였다.

"백팔나한인가."

"그렇다."

악귀를 봉하기 위해 업보를 짊어지기로 맹세한 이들. 소림 최강의 전력이 지금 여남에 당도한 것이다.

정작 그 제거 대상인 제갈철은 시큰둥했지만.

"고작 이걸 노린 거였다면 실망인데."

"뭐라고?"

범화의 반문에도 제갈철은 대꾸하지 않았다. 애초에 그가 생각하고 있는 대상은 현월이었으니까.

"어쨌든 내게 이빨을 들이밀기로 작정했다는 뜻이군."

딱히 화가 나진 않았다. 현월의 태도가 처음부터 적대적이었다는 것쯤은 제갈철도 알고 있었으니까. 그저 한심하다는 생각이 들 뿐이었다.

"분에 넘치는 선물을 주려 했건만 거절하겠다는 것이군. 멍청한 놈."

"뭐라고 지껄이는 것이냐, 악도여!"

범화가 일갈을 내뱉었다. 백팔 인의 나한들은 이미 제갈철을 겹겹이 둘러싼 채였다.

더불어 제갈철은 그들 외의 다른 무인들의 존재 또한 감지할 수 있었다.

"많이도 몰려들었군."

숭산 소림사를 중심으로 발족된 신생 무림 연맹. 기존의 무림맹이 붕괴된 이후에 생겨났으리란 것쯤은 추측할 필요조차 없는 사실이었다.

"혜법 그 노인네가 제법 용을 쓴 모양이군. 하기야 언제나 그런 식이니."

"마치 그분을 잘 안다는 양 지껄이는구나."

"물론. 최소한 너보다는 잘 알고 있다고 생각한다만."

비웃음 섞인 대답에 범화는 발끈했다.

"가당치도 않은 헛소리! 우리가 네놈의 궤변에 현혹될 거라 생각지 마라!"

"궤변? 현혹? 그런 게 무슨 필요란 말이냐? 난 너희를 속여 넘길 생각도, 설득할 생각도 없거늘."

제갈철은 가볍게 손끝을 휘둘렀다.

철퍽!

한순간이었다. 범화는 뜨끈한 액체가 얼굴에 날아들었음을 깨닫고는 흠칫했다.

"……!"

비릿한 냄새. 체온이 고스란히 남아 있는 피였다.

'대체……?'

범화는 이내 상황을 파악할 수 있었다.

바로 옆에 서 있던 나한의 몸이 실 풀린 인형처럼 허물어지고 있었기에.

나한의 얼굴 한복판엔 큼직한 쇳덩이가 박혀 있었다. 조금 전까지만 해도 청랑의 허벅지에 꽂혀 있던 칼날이었다.

"큭!"

"놀라기는 이르지."

제갈철이 신형을 날렸다. 범화는 황급히 소리치며 장력을 떨쳤다.

"나한진을!"

"네놈들에겐 무리다."

콰앙!

거대한 기운이 제갈철을 중심으로 폭사됐다.

범호가 날린 장풍은 폭풍에 휘말린 돛단배처럼 삽시간에 부서져 나갔다.

콰과과과!

무시무시한 원형의 파장이 여남의 거리를 휩쓸었다. 마치 열기를 잔뜩 머금은 태풍이 해안에 상륙한 것만 같았다.

강렬한 기파는 백팔 나한은 물론, 주변의 집채와 나무 등을 송두리째 뽑아 날렸다.

콰직! 콰드드득!

"크으윽!"

범화는 허공에서 온몸을 허우적거렸다.

'이런 어처구니없는!'

인간이 상대라면 어떻게 반격이라도 해보려 했을 테지만, 지금 그들이 맞게 된 적은 거대한 용권풍이었다. 고작 한 명에 불과한 인간이 자연재해를 불러일으킨 것이다.

부아아아앙!

"큭!"

폭풍의 결을 타고 범화에게로 쇄도해 오는 것은 거대한 느티나무. 그 규모보다도 황당함에 범화는 곧장 반응하지 못했다.

그의 뒤편으로부터 또 다른 기운이 폭사된 것은 바로 그때였다.

찌저저적!

황금색의 기운이 느티나무를 후려쳤다. 느티나무는 줄기의 결을 따라 수십 갈래로 쪼개져 나갔다.

이윽고 범화의 후방으로부터 날아든 금색의 신형이 용권풍의 중심을 향해 쇄도했다.

"스님!"

소림의 방장 혜법이었다.

집채마저 날려 버리는 폭풍도 그에게는 영향을 미치지 못하는 듯했다.

혜법은 이따금 발에 걸리는 물건들을 차내며 제갈철을 향해 똑바로 쇄도했다.

쿠오오오!

황금빛의 기운이 혜법의 몸을 휘감았다. 한순간, 그 자리의 모두는 활활 타오르는 신장(神將)이 주먹을 내뻗는 듯한 느낌을 받았다.

쾅!

귀청을 통째로 부숴 버릴 듯한 엄청난 굉음!

주변을 초토화하던 폭풍이 거짓말처럼 사라진 가운데, 두 다리를 디디고 서 있는 것은 두 사람뿐이었다.

완벽에 가까운 자세로 일권을 내지른 혜법.

그리고 그 주먹을 손바닥으로 받아낸 제갈철.

"오랜만이로군."

제갈철의 목소리에 혜법의 흰 눈썹이 꿈틀거렸다.

"그렇구려… 맹주."

"……!"

혜법이 내뱉은 단어를 들은 이들이 흠칫 몸을 떨었다. 제갈철의 피식거리는 미소가 뒤를 따랐다.

"외관을 바꿨는데도 용케 알아보는군."

"얼굴은 바꿀 수 있다지만 특유의 내력은 바꿀 수 없는 법이오."

"뭐, 그렇다고 해 두지. 최소한 너희들의 상식으로 보자면 그러할 테니."

"그게 무슨 말씀이오?"

"설명할 생각은 없다."

몇 걸음 뒤로 물러난 혜법이 심호흡을 했다. 그의 입가에서 흘러내리는 가느다란 선혈을 볼 수 있었던 사람은 정면에 있던 제갈철뿐이었다.

"낡은 몸으로 제법 무리하는군."

"악을 멸할 수만 있다면 이 목숨쯤은 아쉬울 게 없소."

"악이니 선이니 하는 것도 네놈들의 알량한 편견일 뿐이다."

"그럴지도. 하지만 최소한 한 가지만큼은 분명하오."

혜법은 모두가 들을 수 있도록 음성을 높였다.

"무림맹이 습격당한 그날, 귀하는 모든 책임을 내팽개치고 사라졌소. 이 모든 일은 그로 인해 벌어진 것."

"……!"

모두가 놀라는 가운데 혜법이 말을 이었다.

"그렇지 않소? 무림맹주 남궁월."

12장

결의

"암제님?"

제갈윤은 두 번 놀랐다. 무시무시한 기세로 뛰어들어 온 현월에게 한 번, 그에게 매달리다시피 끌려온 노인의 모습에 다시 한 번.

그가 현월에 대해 잘 몰랐다면, 아마도 다음과 같이 생각했을 것이다.

'지나가던 불쌍한 노인을 붙들어서는 날 죽이려 뛰어들어 온 미친놈.'

물론 현월은 미치광이 살인마가 아니었고, 노인 또한 그냥 지나가던 촌로는 결코 아니었다.

대강 보아도 복색을 비롯한 외관이 심상찮음을 감지할 수 있었으니까.

"대체 뭐가 어떻게 된 겁니까?"

"네 도움이 필요하다, 제갈윤."

"저야 항상 암제님에게 도움이 되어 드릴 준비가 되어 있지요."

자신만만하게 대꾸한 제갈윤이 흠칫하며 덧붙였다.

"어, 음. 목숨을 내놓으라거나 하는 얘기라면 좀 사정이 다르겠습니다만."

현월은 홱 고개를 돌려 노인을 바라봤다. 숫제 노려보는 기세였다.

"혈육이 죽어야 하나?"

"아니."

"그래, 알았다."

나직이 한숨을 쉰 현월이 말했다.

"목숨을 내놓을 필요는 없을 것 같군. 놈의 말대로라면."

"어, 저기… 그 말씀은 꼭, 제 목숨이 필요했다면 그대로 죽였을 거란 뜻처럼 들립니다만."

"제대로 들었어."

제갈윤이 움찔했다.

현월은 약간의 농담기도 섞여 있지 않은 눈으로 말했다.

"사과하진 않겠다. 내 목숨이 필요했어도 난 거리낌 없이 죽었을 거다."

"사과하실 필요는 없습니다. 어차피 죽을 일은 아니라 하셨으니까요."

"하지만 내게 실망했을 수는 있겠지. 아닌가?"

"어, 약간 당혹스럽긴 했습니다만……."

제갈윤은 씩 웃었다.

"사실, 암제님 아니었으면 전 이미 오래 전에 물고기 밥이 됐을 겁니다. 그걸 생각하면 배신감을 느낄 이유는 없지요."

"그런가."

현월은 재차 노인을 돌아봤다.

"어서 시작해. 뭐가 더 필요하지?"

"피를 담을 대야, 간이식 팔진도를 쌓을 만큼 자갈, 그리고……."

쾅!

큼직한 대야가 벽을 뚫고 날아들었다. 마당에 놓아둔 것을 허공섭물로 끌어당긴 것이다. 그 무지막지한 기세에 제갈윤도 노인도 크게 놀랐다.

현월은 눈 하나 꿈쩍하지 않은 채 말했다.

"자갈은 얼마나 필요하지?"

"다섯 관(貫) 정도면 될 것이다."

"자연 상태의 자갈이어야만 하나?"

"그렇진 않다. 아마 이 근방의 기물들로 대체할 수도 있겠지."

"좋아. 더 필요한 건?"

"자, 잠시만 기다려 주시겠습니까?"

제갈윤이 급히 끼어들었다.

졸지에 두 사람의 시선이 그에게로 집중되었다. 그 서슬에 제갈윤은 도리어 겸연쩍어졌다.

"어, 음. 최소한 뭐가 어떻게 돌아가는 건지 정도는 알아야 할 것 같아서 말입니다."

"……."

"그, 그러니까 어쨌든 저도 뭔가를 하긴 해야 하는 것 아니겠습니까? 그런 마당에 아무것도 모르는 채 있어야 한다는 게 좀……."

현월이 침묵하자 제갈윤은 다급히 손을 내저었다.

"아, 그냥 잊으십시오. 꼭 얘기를 들어야겠다는 건 아니었습니다. 암제님께서 내키지 않으신다면 굳이 말씀하실 필요는 없습니다."

"아니, 네 말이 옳아. 다른 사람도 아닌 네가 아무것도 모른 채로 있는 건 말이 안 되겠지."

"…그렇게 말씀하시니, 차라리 듣지 않는 게 낫겠다 싶어지는데요."

"넌 들어야 한다, 제갈윤."

제갈윤은 긴장한 얼굴로 침을 삼켰다.

현월은 미간을 살짝 찡그렸다.

최대한 내용을 축약하면서도 중점을 살려 설명해야 했기 때문이다.

"시간이 부족하니 최대한 간략하게 말하지. 인세를 초월한 괴물이 있다. 천하제일의 무위를 지녔으며, 아마 어느 누구도 대적하는 게 불가능할 강자일 것이다. 그리고 그놈이 여기에 도착했다."

"천하제일이라니, 암제님도 대적 못할 자란 말씀입니까?"

"그래. 아마 나로서도 힘들 거다."

제갈윤은 믿지 못하겠다는 눈치였다.

하기야 현월 본인이 같은 말을 들었어도 비슷한 반응을 보였으리라.

"서, 설마 혈교의 무인입니까?"

"아니, 하지만 더 위험한 것만은 분명하다."

"대체 그런 자가 갑자기 왜 나타났답니까?"

"갑자기 나타난 게 아냐. 원래부터 곁에 있었는데도 모두 몰랐을 뿐이지."

"대체 그자가 누굽니까?"

현월의 얼굴에 복잡한 표정이 나타났다.

어떻게 설명해야 제갈윤이 납득할 수 있을지 짐작이 가지 않았던 까닭이다.

"그는 한때 무림맹주라 불렸던 사내다."

"무, 무림맹주 남궁월! 그자가 살아 있었던 겁니까?"

"살아 있었어. 하지만 그는 남궁월이 아냐."

"예? 그게 무슨 말씀입니까?"

"남궁월의 가면을 쓴 채 그의 행세를 해왔을 뿐, 기실 그는 다른 사람이었던 거다. 하늘을 갈라 다른 무인들을 굴복시킨 것도, 혈교의 잔당이 맹 내에서 암약하는 것을 묵인한 것도, 놈들로 인해 무림이 엉망이 되게끔 간접적으로 획책한 것도."

현월의 말에 노인의 얼굴이 잔뜩 찌푸려졌다. 정작 제갈윤 또한 현월을 보고 있느라 눈치채지 못했지만.

현월은 잠시 뜸을 들였다. 결국 이 말이 핵심이었으니까.

"놈의 이름은 제갈철."

제갈윤의 얼굴이 한순간 멍해졌다.

"네 아버지다."

*　　　*　　　*

"그리운 이름이로군."

제갈철은 피식 웃었다.

"가짜 이름이긴 하지만 말이야."

"과연 그런 것이었군. 진짜 맹주는 이미 그대의 손에 죽었을 테지?"

혜법의 목소리에 주변의 무인들이 흠칫거렸다.

혜법은 그들 모두가 똑똑히 들을 수 있게끔 목소리를 한층 높였다.

"그대의 진정한 정체는 제갈철. 제갈세가의 직계임에도 별다른 두각을 나타내지 못하다가 홀연히 사라졌지. 그러나 그것은 암중을 모색하기 위한 방편이었을 뿐. 그대는 강호의 장막 뒤에 숨은 채 수많은 음모와 모략을 진행해 왔다. 진짜 맹주이자 군자인 남궁월을 살해하고 그의 행세를 한 것은 그 일부일 뿐! 그렇지 않은가?"

"······!"

무인들이 술렁거리기 시작했다. 혜법은 그들의 집중력이 깨어지기 전에 급히 덧붙였다.

"그렇기에 우리가 그대를 단죄해야 하는 것이다, 악도여!"

"···핫."

제갈철은 웃었다. 비장한 상황과는 전혀 어울리지 않는, 소탈하기까지 한 웃음. 한순간이나마 사람들로 하여금 혜법이 엉뚱한 사람을 지목한 게 아닐까 하는 의심을 떠올리게 만드는 웃음이었다.

그것이 아니라는 것은 금세 알게 되었지만.

"교묘한 언변이군, 땡초."

제갈철의 미소가 사라졌다.

"하지만 그건 진실이 아니지. 네놈의 말대로라면 나는 치밀한 작전과 교활한 흉계로써 무림맹의 권좌를 찬탈한 셈이 되니까. 하지만 그건 틀렸다."

"본인의 행보가 정의라고 주장할 셈인가?"

"아니, 전혀! 조금 전에도 말했을 텐데? 네놈들의 선악 가르기 따위는 내게 있어 아무런 의미도 없다. 나는 다만 진실을 말하려는 거다."

제갈철은 다시 웃었다.

조금 전의 웃음과는 전혀 다른 느낌의, 보는 이의 피가 바싹 말라 버릴 것만 같은 냉소였다.

"음모도 모략도 없었다. 그런 건 약자들의 수작질일 뿐이지. 약한 놈들이기에 뒷구멍으로 이런저런 귀찮은 일을 벌여야 하는 거다. 하지만 나는 다르지. 구태여 뒷공작을 할 필요 따위는 전혀 없었으니까."

"……!"

"아, 그리고 너희는 남궁월에 대해 대단한 환상이라도 갖고 있는 듯한데, 솔직히 말해서 그건 내가 만들어낸 거품이다."

"뭐라고?"

"진실을 말해주지. 남궁월은 병신이다. 비굴하기 짝이 없고 무력한 데다 용기마저 없는 머저리였지. 네놈들이 생각하는 '음모에 희생당한 영웅' 따위는 처음부터 존재하지 않았단 말이다."

"궤변을 늘어놓을 셈인가?"

"궤변이라? 이십 년쯤 전에 숭산 태실봉(太室峰) 중턱의 암자에서 차를 나눈 적이 있었지. 구도자의 길과 무학자의 길이 평행선이 아니라는 대담을 나눴었지. 기억나나?"

"······!"

혜법의 눈빛에 경악이 감돌았다.

그 반응에 희열을 느낀 듯 제갈철의 미소가 한층 짙어졌다.

"긴장한 동자승이 가져오던 쟁반을 엎어 버렸지. 겁먹어 우는 꼬마를 네가 달랬고, 나는 허공섭물의 묘리를 발휘하여 땅에 스며든 찻물을 도로 사기그릇에 담았다."

"······!"

제갈철의 시선이 좌중을 훑었다. 이내 익숙한 얼굴을 발견한 그가 쾌활한 어조로 소리쳤다.

"거기 있는 건 점창(點蒼)의 장문인 마일준이로군. 까까머리의 어린 도사이던 게 엊그제 같은데 제법 훌륭하게 성장했군그래? 열대여섯 무렵에 내가 넌지시 일러 줬던 유운검(流雲劍)의 묘리는 다 깨우쳤나?"

점창파 장문인 마일준의 입이 쩍 벌어졌다.

"그, 그럼 당신이……?!"

제갈철은 대꾸하지 않은 채 다음 대상에게 인사를 건넸다.

"오랜만이군, 제천문주. 그러고 보니 하나뿐인 딸아이도 지금쯤 과년한 처녀가 되었겠군. 그 아이가 세 살 무렵에 폐병으로 죽을 뻔했던 기억이 아직도 생생한데 말이야."

"큭……!"

안휘제일문이라 불리는 제천문의 문주, 한도형의 얼굴이 혼란으로 일그러졌다.

또한 그의 딸아이에 얽혀 있는 사연에 대해 알고 있는 이들 또한 경악해 마지않았다.

'죽음의 문턱에 선 딸아이의 약을 어느 귀인께서 구해다 주셨다.'

그렇게 요약 가능한 강호의 미담이, 반드시 죽여야만 할 살인귀의 입에서 흘러나온 것이다.

"대, 대체……."

혜법 또한 혼란스러움을 감추지 못하는 얼굴이었다. 그 모습이 제갈철에게 있어선 더할 나위 없는 즐거움이었다.

"네놈이 지껄일 법한 말을 선수 쳐서 쏟아내 볼까, 땡초?"

"그, 그게 무슨……?"

"네놈의 생각이야 뻔하니 말이야. 우선은 의심부터 했겠지. 숱한 선행을 베풀고 다녔던 것은 '진짜 남궁월'이고, 나는 그저 언급만 하고 있을 뿐이라고."

"……."

"하지만 그렇다고 하기엔 내가 말하는 내용들이 너무나 자세하지. 그렇기에 너는 두 번째 의심을 했을 것이다. 내가 일종의 위장을 위해 선행을 베풀고 다녔으리라고 말이야. 끔찍하고 거대한 악행을 벌이기 위해 선량한 양의 가면을 쓰려 했을 거라고."

"그게… 아니라는 말인가?"

"물론 아니지. 그게 사실이었다면 내게 은혜를 입었던 이들은 지금쯤 내 곁에서 네놈을 겨루고 있었어야 할 테니까."

"으음……!"

제갈철은 희미한 미소를 유지한 채 좌중을 돌아봤다.

"나는 대가를 바라고 선행을 베푼 게 아니다. 그것은 내게서 도움을 받은 당사자들이 누구보다도 잘 알 테지."

"그렇다면 왜……?"

"그저 그게 재미있을 것 같았거든. 알량한 위선자 노릇을 하는 게 말이야."

혜법의 눈썹이 꿈틀거렸다.

"그저… 재미있을 것 같았다고?"

"그래. 정작 그 재미도 얼마 가지는 못했지만."

제갈철은 한숨을 쉬었다.

"요점은 이거다. 난 너희를 파멸시키거나 엿 먹이기 위해 이 모든 일을 꾸민 게 아니야. 솔직히 말해서, 너희는 내게 있어 그 정도의 관심을 쏟을 대상조차 되지 못해."

"……"

장내의 모두가 할 말을 잃었다.

그야말로 압도적인 외면이라 해야 할까.

차라리 너희 모두의 내장을 뽑아 줄넘기를 하겠노라는 협박이 이보다는 나을 듯했다.

"너희는 개미다. 지나가다가 심심하면 밟고, 그마저도 귀찮으면 그냥 지나쳐 버리는 개미. 얼마나 고통받든, 그러다 죽든 말든 관심 따위는 주지도 않을 미물."

"제갈철……!"

"눈곱만큼의 관심이라도 받아 보고 싶은가? 그렇다면 기어 올라와서 물기라도 해봐라. 아마 네놈들의 역량으로는 불가 능할 테지만."

혜법은 이를 악물었다.

격한 분노가 뱃속에서 치솟고 있었지만, 차마 공격하라는 외침을 토하기는 꺼려졌다.

놈은 압도적인 악인이었다. 아니, 그래야만 했다. 배후에서 혈교를 조종하여 무림을 초토화시켰으며, 다른 한편으로는 영웅인 맹주를 암살한 채 그의 행세를 해 온 교활한 괴물이어야만 했다.

'한데……'

직접 대면한 제갈철은 그런 존재가 아니었다. 그는 여러 가지 의미로 초연한 자였다.

그 위에 악인이라는 굴레를 씌울 수는 있겠지만, 그것이 별 의미는 없을 것임이 분명한.

'그렇더라도 싸워야 한다.'

혜법의 결심은 그리 오래가지 못했다. 제갈철의 오른팔이 그의 가슴팍을 꿰뚫었기에.

울컥!

역류한 핏물이 혜법의 입을 뚫을 기세로 터져 나왔다.

"내게 고마워해라."

제갈철이 말했다.

"네 고민을 해결해 줄 터이니."

"……"

혜법은 덜덜 떨리는 눈으로 제갈철을 보았다. 제갈철은 그 시선에 피식 웃었다.

"과연 나를 공격하라 해야 할지 고민하고 있었겠지. 고리타분하고 쓸데없는 생각이 많은 땡초답게 말이야. 그래서 네 고민을 해결해 주었다. 네놈이 내 손에 뒈졌으니, 저 열등한 것들은 곧 죽어라 덤벼들려 하겠지."

"이 개자식아—!"

산천마저 흔들 듯한 포효가 터져 나왔다. 팔척장신의 무승, 굉유였다.

갑작스러운 상황에 모두가 얼어붙어 있는 가운데, 오직 그만이 순수하게 분노하고서 행동을 취한 것이다.

"으아아아!"

솥뚜껑만 한 손바닥이 제갈철을 향해 날아들었다. 우악스럽지만 조악하기 짝이 없는 백열장(白熱掌). 자질은 있어 보이나 아직 갈 길이 멀어 보이는 무위였다.

'녀석, 쉽게 흥분하지 말라 그렇게도 가르쳤거늘.'

차마 입 밖으로 꺼내지 못한 유언을 끝으로, 혜법의 생명이 다했다.

쾅!

바위가 쪼개질 법한 장력이 터져 나왔다.

그러나 잠시 후 비척거리며 물러나는 쪽은 제갈철이 아닌 굉유였다.

"우악스럽다 못해 불량하기까지 한 장법이군. 네 스승의 유해까지 부숴 버릴 생각이었나?"

"큭!"

굉유의 얼굴이 수치심으로 붉어졌다. 그 말마따나, 만약 제갈철이 혜법을 방패로 내세웠다면…….

"뭐, 생이 빠져나간 몸뚱이 따위는 썩은 고깃덩어리일 뿐이지만."

퍼억!

굉유는 멍해졌다.

그의 눈앞에서 뼈와 살과 피로 이루어진 무언가가 산산이 깨어져 나갔다.

불과 조금 전까지만 해도 큰스님이었던 유해였다.

"으, 으아아아!"

굉유는 짐승 같은 괴성을 토하며 돌진하려 했다. 그러나 이내 뱃속으로부터 검붉은 피를 게워냈다. 장법을 방어당할 때 이미 크나큰 내상을 입은 것이다.

"이 개새끼!"

또 한 명의 소림 무승, 나한 범화가 제갈철을 향해 짓쳐 들었다. 그것을 신호로 무림 고수들 또한 제갈철을 향해 달려들었다.

"현월 놈을 찾아야 하는데."

제갈철은 미간을 찌푸렸다.

효율성만 따지자면 차라리 내빼는 편이 나았을 것이다.

귀찮을 파리 떼를 떨어뜨린 다음 현월을 먼저 찾아 후환을 없앴어야 했다.

파리 떼야 그 다음에 박멸하면 될 일이었으니까.

하지만 결국 그러지 못했다.

쥐새끼처럼 도망만 다니는 현월보다는, 자기네 운명도 모른 채 우악스레 달려드는 파리 떼 쪽이 더 재미있어 보였기에.

'결국 그것이 문제란 말이지.'

중독자의 숙명이랄까?

처음 아편을 접한 자는 한 종지만으로도 극락을 느낀다. 그러나 중독의 정도가 심해질수록, 같은 양의 아편으로 느끼게 되는 쾌락은 줄어든다.

그리고 중독자는 더욱 많은, 혹은 더욱 강한 마약을 찾게 되는 것이다.

제갈철은 중독되어 있었다.

삶이라는 이름의 마약에.

그의 몸과 영혼은 보다 강한 자극, 보다 강한 유희를 추구했다. 억겁에 걸친 회귀는 그의 감각을 마비시키고 무료함을 축적시켰다.

희미해지는 인간성.

증폭되는 갈증.

그렇기에 그는 자제할 수가 없었다. 조금이라도 더 강한 재미를, 조금이라도 더 강한 자극을.

그래서 그는 싸우길 택했다. 조금 더 먼 길을 돌아가더라도 상관은 없었기에.

그만한 힘과 능력이 제갈철에겐 있었던 것이다.

"하하하하하!"

광소를 터뜨리며 두 팔을 뻗었다.

날개처럼 펼쳐진 그의 두 팔로부터 강기(罡氣)의 폭풍이 쏟아져 나왔다.

콰아아아아아!

피와 육편, 금속과 대지의 조각들이 한데 뒤섞여 허공으로 솟구쳤다.

그 안에 담겨 있던 살의와 적개심, 내공과 강기의 다발이 비에 씻기는 흙먼지처럼 소멸했다.

실로 압도적인 힘.

그것을 마음껏 펼치는 것만으로도 제갈철은 막대한 해방감을 느꼈다.

"하하하하!"

＊　　　＊　　　＊

쿠구구구구.

천장으로부터 흙먼지가 우수수 떨어져 내렸다.

바닥과 기둥이 통째로 흔들리는 통에 자세를 잡고 있기도 쉽지 않았다.

"술진을 구축하기 전에 여남이 사라지겠군."

노인의 혼잣말에 제갈윤은 움찔했다.

"저, 그러고 보니 노인장께선……?"

"유설태."

짤막한 대꾸에 제갈윤은 기겁했다.

"무, 무림맹 군사?"

"혈교의 장로이자 배신자이기도 하지."

현월의 가시 돋힌 말에 유설태는 픽 웃었다.

"배신한 적은 없다. 나는 처음부터 혈교도였으니."

"무림맹이 아니라 날 배신했지."

"그 또한 말이 되지 않는다. 널 배신한 것은 다른 나였으니까."

"입 놀리는 솜씨만큼은 다를 게 없는데? 결국 상황은 달라도 인간의 알맹이는 다를 게 없다는 뜻이겠지."

"그래서 죽이기라도 할 텐가?"

제갈윤은 멍한 얼굴로 두 사람을 번갈아 봤다.

"저, 두 분? 대체 무슨 말씀을 하시는 건지 좀 알 수 있겠습니까?"

"설명하자면 복잡해."

현월은 한숨을 토하고는 말했다.

"내가 나가서 놈을 상대하겠다. 제갈윤, 유설태가 의식을 완료하게끔 도와줘."

"제 아버지를 죽이기 위해서 말이군요."

현월은 대꾸하지 않았다. 오히려 난처한 얼굴로 두 손을 드는 쪽은 제갈윤이었다.

"아뇨. 그 사실에 유감이나 반감이 있다는 건 아닙니다. 솔직히 말해서, 부자 관계니 혈육이니 해봐야 와 닿는 것도 딱히 없거든요. 뭐, 그 작자가 천하제일인씩이나 된다는 게 어처구니없긴 하지만 말입니다."

"믿기 힘들겠지만 사실이야. 나도 이게 현실이 아니었으면 싶군."

"음. 어쨌든 지금 이 사달이 난 것도 그 작자 때문이란 거군요."

"그래."

현월은 현인검을 뽑아 들고는 유설태를 돌아봤다.

"허튼 수작 부리려 들지 않는 게 좋을 거다."

"지금 가장 중한 일이 무엇인지 정도는 알고 있다."

서로를 노려보는 두 사람. 현월은 금세 시선을 거두어 제갈 윤을 돌아봤다.

"한 가지만 더 말하자면, 유설태가 펼치려는 의식은 제갈 철을 죽이는 게 아냐. 놈에게 얽혀 있는 특별한 주술을 끊기 위함이지."

"예? 그렇다는 것은……."

"의식이 성공해도 놈은 건재하다. 그러니까……."

잠시 주저하던 현월이 말했다.

"어쩌면 마지막 부탁이 될지도 모르겠군. 그러니 솔직하게 말하지. 의식이 끝나는 대로 현검문으로 가서 내 가족들을 피 신시켜 줬으면 한다."

"암제님."

"물론 네 목숨을 걸면서까지 지켜 달라는 건 아냐. 위험하 다 싶으면 그대로 달아나라."

현월은 더 이상 할 말이 없다는 듯 몸을 돌렸다.

그런 현월의 등을 향해 제갈윤이 말했다.

"돌아오시길 기다리겠습니다."

"……."

현월은 그대로 방을 나왔다.

그리고 이내 멈칫했다.

"얘기는 끝났나요?"

흑련이었다.

대화가 시작됐을 무렵부터 문밖을 지키고 있었던 것이다.

현월조차 눈치채지 못하게끔 은신한 채로.

"잠행술이 그새 발전했는걸."

"다른 데 정신이 팔려 제대로 감지하지 못한 거겠죠."

"…그럴지도."

흑련은 현월의 손에 들린 현인검을 내려다봤다.

"싸우러 가는 거군요."

"응."

"승산은 희박하고요."

"아마도 그렇겠지."

"지금이라면 달아날 수 있을지도 몰라요."

현월은 대꾸하지 않았다.

"보아하니 그자도 전지전능한 존재는 아닌 모양이더군요. 우리 입장에서야 상대할 방법이 없는 괴물이긴 하지만."

당연히 그럴 것이다.

제갈철이 진실로 전지전능했다면 살육전을 벌일 필요도 없이 현월을 찾아내어 끝장을 봤을 테니.

그러나 별 차이는 없었다.

지금 제갈철은 여남 자체와 수많은 목숨을 인질 삼아 현월을 불러내려 하고 있었고, 현월로서는 도저히 그 부름을 외면할 방도가 없었으니까.

현검문이 여남에 있는 한은.

"별 능력도 없는 제갈윤에게 보호해 달라 부탁할 게 아니라, 당신이 직접 가면 돼요. 직접 가서 가족들을 이끌고 달아나 버리면 그만이에요."

"어딜 가든 놈은 반드시 찾으러 올 거야."

"깊은 산중으로 들어가 꼭꼭 숨어 버린대도요?"

"들어가기 전에 놈에게 꼬리를 잡힐걸."

흑련은 더 말하지 않았다. 어차피 이게 억지라는 것쯤은 그녀도 잘 알고 있었다.

"알겠어요. 그렇다면 싸우러 가죠."

"아니, 너도 여기 남아줬으면 해."

흑련의 동공이 확대됐다.

"제갈윤 혼자서는 가족들을 보살필 수 없어. 지식은 있어도 무력은 없으니까. 하지만 네가 곁에 있어 준다면 안심할 수 있겠지."

"어차피 저 괴물한테서 달아날 길은 없다면서요?"

"내가 죽고 나면 놈도 흥미를 잃게 될 거야. 희망 사항이긴 하지만."

흑련은 으득 소리가 나도록 이를 악물었다.

"암제니 뭐니 잘난 척할 때는 언제고, 기껏 생각해 냈다는 게 나가 죽겠다는 건가요? 그런 데다가 가족들의 안위도 책임 질 수 없고요?"

"잘난 척한 적 없어. 나가 죽겠다는 것도 아니고. 하지 만······."

현월은 말끝을 흐렸다.

솔직히 이번만큼은 힘들겠다는 생각이 자꾸만 머릿속에 맴돌았다.

"그러니 나는 내 뜻대로 하겠어요."

흑련이 말했다. 현월은 그녀를 물끄러미 바라봤다.

그 시선을 피하지 않은 채 흑련이 물었다.

"전지전능한 인간은 없어요. 그 어떤 괴물이라 해도. 그렇 죠?"

"···그래. 그렇더라도 승산이 희박한 싸움이라는 데엔 변함 이 없지만."

"그러니까 나도 싸우겠어요. 희박한 승산이나마 조금이라 도 올리기 위해."

"흑련."

"나는 금왕의 수하, 원칙적으로 당신 명령에 따를 의무는 없습니다."

딱 잘라 대꾸한 흑련이 현월의 가슴을 툭 쳤다.

"구질구질한 얘기는 이제 그만해요. 이젠 더 낭비할 시간도 없잖아요?"

쿠르르르……

그녀의 목소리에 반응이라도 하듯 대지가 진동했다. 대체 어떠한 무공을 발하는 것인지조차 짐작가지 않는 위력.

현월은 나직이 심호흡을 했다.

"그래. 이젠 어떤 형태로든 끝장을 봐야겠지."

13장

결착

　콰과과과!

　범화는 칠공으로 피를 쏟으며 미끄러졌다. 밭고랑을 파듯 그의 육체가 땅 위에 긴 흔적을 남겼다.

　"크……."

　이를 악문 채 상체를 겨우 일으켰다. 그런 그의 옆에는 익숙한 머리가 굴러다니고 있었다.

　제천문주 한도형.

　내로라하는 강자였던 그조차 다섯 합을 채 버티지 못하고 불귀의 객이 되었다.

'아니……'

그것을 합이라 표현할 수나 있을까?

제갈철에게서 뿜어져 나온 강기의 다발은 마치 그 하나하나가 생명을 지닌 것만 같았다. 사방에서 쇄도하는 무인들의 강격을 막아내고, 도리어 요격하여 거꾸러뜨릴 수 있었던 것은 그 덕분이었다.

본체조차 되지 않는, 그저 몸에서 흘러나온 기운의 다발만으로 절세의 고수들을 부숴 버린다.

우화등선한 신선이 악의 그 자체로 똘똘 뭉친다면 이런 모습이지 않을까 싶었다.

'그래도 싸우는 수밖에 없다.'

범화는 이를 악물고 바닥을 밀쳐 냈다. 그러나 이내 균형을 잃고는 엎어졌다.

왼팔이 바닥을 밀어내지 못한 채 풀썩 꺾였다. 기실 의식만 겨우 유지하고 있을 뿐, 그의 몸은 이미 죽은 것이나 마찬가지였다.

'방장님.'

범화는 혜법을 생각했다. 그를 모시던 시절의 추억들을 떠올리고 싶었지만, 망막에 새겨지듯 남아 있는 기억은 갈가리 찢기던 그의 최후뿐이었다.

"크……!"

무인이기에 전에 불도를 걷는 승려.

그런 만큼 복수의 집념이란 감정에서 벗어나야만 하건만, 범화는 도저히 그럴 수가 없었다. 설령 그것이 한 사람의 불자로서 실격이라 하여도 말이다.

'죽인다!'

그의 머릿속을 잠식하는 것은 오직 강렬한 증오.

불가의 깊은 가르침 따위는 혜법의 시체와 함께 갈가리 찢겨 나갔다.

'놈을 죽이고 싶다!'

이마에서 흘러내린 피가 범화의 눈자위를 붉게 물들였다. 이윽고 넘쳐난 핏물은 뺨을 타고 턱까지 흘러내렸다.

문자 그대로 피눈물.

그런 범화의 앞으로 인영 하나가 착지했다.

강기의 폭풍이 몰아친 이후 폐허가 되어 버린 시내, 그리고 그 안에서 예외적으로 멀쩡한 모습을 하고 있는 사내.

"제갈… 철!"

"원통한가?"

범화는 이를 악물었다. 저 개새끼는 대체 몰라서 저따위 질문을 한단 말인가?

"네 자식과 아내, 식솔과 친인척들을 모조리 씹어 먹고 싶을 정도다."

"음. 땡초 출신의 표현치고는 나쁘지 않군. 아쉽게도 요점을 벗어났지만."

제갈철은 여유로운 태도로 턱을 긁적였다.

"아내랑 자식새끼들이 있기는 한데, 걔들을 박박 긁어 와서 솥에 넣어 탕을 끓여도 나는 딱히 열 받을 게 없거든."

"미친 개자식! 네놈에겐 인간성이 없단 말이냐!"

"음, 아마도 그런 것 같다."

제갈철은 빙긋 웃었다.

범화로서는 저런 말을 하고 저런 미소를 보일 수 있다는 것이 도무지 믿기지 않을 따름이었다.

"그나저나……."

범화를 응시하는 제갈철의 눈빛이 기묘한 빛을 냈다.

"네게도 자질이 있기는 하군."

"뭐라고?"

"내게 복수하고 싶지 않나?"

그걸 말이라고 하는 건가? 물론 범화는 복수하고 싶었다. 눈앞의 개자식을 죽일 수만 있다면 무엇이든지 바칠 수 있을 것만 같았다.

제갈철이 바라는 것도 그것이었고.

"네가 원한다면, 네게 기회를 줄 수도 있지. 이번 생은 아니겠지만."

"무슨… 개소리를 하는 것이냐!"

"나는 이미 다른 한 놈에게 기회를 주었다. 물론 그놈의 목적은 내가 아니었지. 그래서 그런지는 몰라도, 녀석이 이상한 꿍꿍이를 꾸미고 있어. 지금 생각해 보면 괜한 짓을 했다 싶어진단 말이지."

대체 무슨 소리를 하는 건가?

범화는 적개심과 의문이 뒤섞인 눈으로 제갈철을 노려볼 수밖에 없었다.

"그리고 너희와 싸우는 동안 새삼 깨달았지. 쓸데없이 암계를 꾸미거나 다른 놈들이 하는 짓에 수작을 부리는 것보다는, 단순하게 때려 부수고 박살 내는 편이 즐겁다는 것을."

"뭐… 라고?"

"파괴 본능이라고 해야 할까? 인간이라면 누구나 가지고 있는 감정이지. 순수하기 짝이 없는 어린아이들이 잠자리의 날개를 뜯는 것처럼 말이다."

"……."

"그래서 생각했지. 내게 원한을 가진 역천자 놈들을 몇 명 만들어 두면 앞으로의 회귀가 더욱 즐거워지지 않을까 하고. 뭐, 그러다가 놈들이 나를 능가할 가능성도 없진 않으니 나름의 안배를 해둬야겠지만."

"무슨……?"

범화는 제갈철이 뱉어내는 말 중 절반도 이해할 수가 없었다. 역천자는 무엇이며 회귀는 또 뭐란 말인가?

제갈철은 아무래도 좋다는 태도였다.

"그러고 나서 괜찮은 대상을 물색해 보니, 네가 보이더군. 무재(武才)도 적당하고, 집념과 의지 또한 상당하니. 어떤 면에선 현월 그놈보다 나은 것도 같군."

"현월… 이라고?"

"네놈들에겐 암제라는 이름이 친숙한가? 어쨌든… 일단은 너로 실험해 봐야겠군."

무엇을 실험한단 말인가? 범화는 반항하고 싶었지만 몸이 말을 듣지 않았다.

이윽고 그의 의식 또한 깊은 늪으로 빠져들었다. 애초에 지금껏 깨어 있었던 것도 초인적인 정신력 덕분이었다.

제갈철은 범화에게서 시선을 떼어 주변을 돌아봤다.

보이는 것은 폐허와 시체뿐.

여남의 한복판에 복마전(伏魔殿)이 펼쳐져 있었다. 정작 그 파괴를 벌여놓은 당사자는 시큰둥했지만.

"그럼 의식을 준비해야겠군. 현월 놈부터 찾아야겠지만……."

그 순간이었다. 제갈철의 목젖이 꿰뚫린 것은.

"……?"

제갈철은 상황을 파악하고는 눈살을 찌푸렸다.

목젖 위로 튀어 나와 있는 것은 화살이었다. 어느 누군가가 강기의 폭풍이 멈추고 제갈철의 살육이 끝나기를 기다려 그가 완벽하게 방심한 한 순간을 노려서 쏘아낸.

"훌륭하군, 초원의 야만인 주제에."

말을 내뱉는 제갈철의 입가로 선혈이 흘러내렸다.

어찌 됐든 그 또한 인간의 허물을 완전히 벗어나진 못했던 것이다.

청랑은 그동안 참았던 숨을 토했다. 그와 함께 허벅지의 상처가 비어져서는 피를 쏟아냈다.

기절해 있던 그가 깨어난 것은 한창 강기 폭풍이 몰아치던 와중의 일이었다.

그때 이미 만신창이가 된 그였으니, 초인적인 집념으로 숨을 죽인 채 폐허 속에서 기회를 엿봤다.

그리고 기어코 화살 한 대를 꽂아 넣은 것이다.

"기척을 죽이기 위해 혈류까지 억제시켰던 건가? 발 한쪽이 괴사될지도 모를 텐데, 제법 무리를 했군."

"……."

"너 또한 고려 대상으로 둬야 할지도 모르겠다, 몽고인."

둘의 거리는 육십여 장.

그런데도 바로 곁에서 속삭이듯 들려오는 목소리에 청랑

은 이를 악물었다.

놈은 그 짧은 시간 동안 이쪽의 위치와 상태까지 파악한 것이다.

제갈철은 픽 웃었다.

그의 상처는 어느새 상당 부분 아문 뒤였다.

"훌륭했지만 무의미한 저격이었군. 제법 아쉽겠……."

푸욱!

제갈철의 몸이 덜컥 흔들렸다. 이번에는 앞선 화살보다 조금 더 큰 쇠붙이였고, 튀어나온 위치도 목젖이 아닌 가슴 한복판이었다.

흑색의 칼날이 피를 머금어 번들거렸다.

"방심하자마자 또 방심인가?"

익숙한 목소리에 제갈철은 눈살을 찌푸렸다.

"조금 아픈데."

쿠구구구.

그의 몸으로부터 거대한 경력이 격발됐다. 현월은 구태여 거기에 맞서지 않고서 뒤로 훌쩍 빠졌다.

콰과과과!

제갈철을 중심으로 한 반경 십 장 이내로 강기의 폭풍이 몰아쳤다. 법식과 형태마저 완전히 사라져 버린 순수한 무공.

못해도 허공섭물이나 이기어검과 같은 배분의 무학임이

분명해 보였다.

　재빨리 뒤로 빠진 덕에 현월은 타격을 입지 않았다. 그것을 감지한 제갈철이 핏물을 퉤 뱉었다.

　"이거 실망인걸. 보아하니 유설태를 죽이지 않은 모양이군."

　"그래."

　"그토록 고민해 놓고서 기껏 내린 결론이 이건가? 내게 송곳니를 들이밀겠다고?"

　"네 존재를 내버려 둬선 안 되니까."

　"하! 말은 잘하는군. 같은 편이란 놈들이 죄다 뒈질 때까지 코빼기도 비치지 않았던 주제에."

　현월은 대꾸하지 않았다.

　제갈철이 떠드는 동안 어떻게든 빈틈을 찾아보려는 것이었으나, 역시 세 번째 요행은 없는 듯했다.

　제갈철은 웃었다.

　"세 번씩이나 기습에 당할 것 같나?"

　"당하지 말라는 법은 없지. 어차피 시도하지도 않을 거지만."

　"하! 이제 와서 설마 봐달라는 건 아니겠지?"

　"그럴 생각 따윈 없다. 다만……."

　현월은 말끝을 흐렸다. 구태여 주절주절 설명할 필요가 없었기 때문이다.

제갈철 본인이 알고 있는지는 모른다. 그러나 한 가지만큼은 분명해 보였다.

'놈은 지쳤다.'

엄밀히 말하자면 상당량의 내력이 소모되었다고 해야 할 터.

다수의 적을 상대하기 위해, 더불어 자신의 힘을 쏟아낸다는 해방감에 취해 제갈철은 필요 이상의 내력을 쏟아냈다.

그리고 그 양은 인세를 초월한 그의 기준으로도 상당한 수준이었다.

그 여파는 육체에까지 영향을 줬고, 평소라면 당하지 않았을 청랑과 현월의 기습을 허용하게끔 만들었다.

물론 상처 자체는 무지막지한 내력에 힘입어 금세 아물어 버렸지만.

'그러나 놈은 더 이상 무적이 아니다.'

현월은 현인검을 꾹 쥐었다. 그것을 본 제갈철의 눈빛도 착 가라앉았다.

"네놈, 정녕 내게 대적하기로 마음먹은 모양이군."

"아니."

현월은 말했다.

"너를 죽이기로 마음먹은 거다."

*   *   *

　부서진 목재와 사기그릇 파편, 박살 난 칼날 조각 등이 동원되어 간이 술법진이 만들어졌다.

　작업을 끝낸 유설태는 제갈윤에게 대야를 내밀었다.

　"여기에 피를 쏟게."

　"…목을 베어야 하는 건 아니겠지요?"

　"대여섯 방울이면 충분하네."

　제갈윤은 자그만 칼날 조각으로 손끝을 찔러 피를 냈다. 유설태는 핏방울이 묻은 대야를 술진의 한가운데에 놓고는 진언을 외기 시작했다.

*   *   *

　제갈철의 입매가 기묘하게 비틀렸다.

　"이루지 못할 꿈에 집착하는 성격이었을 줄은 몰랐군."

　"딱히 이루지 못할 일이라고는 생각하지 않으니까."

　"잠시 못 본 사이에 어처구니없을 만큼 건방져졌구나. 네 놈과 내 격차가 어느 정도였는지 그새 잊은 것이냐?"

　"잊지 않았다."

현월은 현인검을 가슴께로 끌어당겼다.

"단지 너 또한 인간이었다는 것을 새삼 깨달았을 뿐이지."

"하!"

제갈철이 신경질적인 웃음을 터뜨리고는, 이내 가볍게 기침을 했다.

"쳇."

목을 찔린 후에 곧바로 심장까지 찔렸다.

초월적인 능력을 지닌 그라 해도 삽시간에 멀쩡해질 만한 상처는 결코 아니었다.

그렇다고 목숨이 위험해질 수준의 치명상인 것도 아니긴 했지만.

현월은 청랑과 시선을 교환했다. 그사이 흑련이 모습을 드러냈다. 또한 곳곳에 쓰러져 있던 무림 고수들 또한 몸을 일으켰다.

비록 궤멸적인 타격을 입은 것은 사실이나, 그들 모두가 죽음을 맞이하지는 않았던 것이다.

"좀 모양새 빠지는 일이긴 하지만."

현월은 중얼거렸다.

"혼자서 네놈을 상대할 생각은 없다."

*   *   *

"으음."

암후는 미약한 신음과 함께 눈을 떴다.

"깨어났나요?"

"여긴……?"

그녀의 곁엔 궁사독과 하오문도들, 그리고 유화란이 대기하고 있었다.

무림 연합의 고수들이 죽어가는 순간에도 그들은 뛰어들지 못했다.

어차피 도움이 안 되리란 것을 알고 있었기 때문이다.

물론 그것만이 이유는 아니었다. 저 괴물이 데리고 온 한 소녀가 있었기에.

'놈이 여기까지 데리고 온 소녀라면 필시 중요할 것이다.'

궁사독은 그런 판단을 내렸고, 제갈철이 무림 연합의 고수들과 일전을 벌이는 틈을 타 소녀를 빼돌렸던 것이다.

하지만 유화란은 그 의견에 동의하지 않았다.

"그녀가 정말 놈에게 있어 중요한 인물이었다면 빼돌리도록 내버려 뒀을 리가 없어요."

그러나 이미 결정된 일이고 지나가 버린 일이었다. 결국 청랑이 다시 깨어나고, 현월이 참전하게 된 이 시점까지 이러지도 저러지도 못하고 있었다.

"그러니 네게 물어야겠다. 너는 저 괴물 자식과 무슨 관계지?"

"나, 나는……."

암후는 입술을 깨물었다.

솔직히 말해 제갈철이 자신에게 무슨 생각을 품은 것인지 설명할 길이 없었던 것이다.

궁사독의 표정도 일그러졌다.

지푸라기라도 잡아야 하는 상황인데, 아무래도 그들이 붙든 게 썩은 갈대풀이었던 듯했다.

"끝장… 인가."

유화란과 하오문도들의 표정 또한 어두워졌다. 큰 기대를 하지는 않았지만 혹시나 하는 마음은 있었기에.

그때 성벽 바깥이 소란스러워졌다. 급히 성벽 위로 오른 궁사독은 헛웃음이 나올 것 같았다.

"정말 끝장이군."

곳곳에서 나부끼는 혈교천세의 깃발.

혈교의 본대가 마침내 여남에 도착한 것이다.

"뭐가 어떻게 된 거죠?"

"혈교도들이오. 아무래도 오늘의 여남은 우리들 모두의 무덤이 될 것 같군."

유화란의 물음에 궁사독이 대답했다. 모두의 표정에 짙은 그림자가 드리워지는 찰나.

"그렇지 않아요."

암후의 한마디에 모두의 시선이 쏠렸다.

"그게 무슨 뜻이죠?"

"저를… 저들에게 데려다 주세요."

궁사독과 유화란이 눈빛을 교환했다.

이해하지 못하겠다는 눈치에 암후는 목소리에 힘을 주었다.

"저들은 적이 아닌 원군이에요. 아니, 원군이 될 수 있는 자들이라고 해야겠네요."

"좀 더 자세히 설명해 줄 수 있나요?"

"저는 암후라고 불리는 자입니다."

차차차창!

발검하는 소리가 요란스럽게 났다. 반사적으로 검을 뽑은 하오문도들이 멍하니 서로를 돌아봤다.

암후는 힘을 주어 말했다.

"저를 믿지 못하는 것은 이해해요. 지금 저를 죽이더라도 이해할 수 있어요. 하지만 그 뒤에 남는 것은 살육과 죽음뿐이겠죠. 여러분은 물론이고 혈교도들 또한… 여기서 끝을 맞이할 거예요."

"살육과 죽음이라고? 말은 잘하는군. 하지만 나는 너와 얽

힌 수많은 살육에 대해 알고 있다. 설마 그 모든 행적이 거짓이라고 말하려는 건 아니겠지?'

가시돋힌 궁사독의 말에 암후는 우울한 표정을 지었다.

"용서해 달라고 하진 않겠습니다. 변명하지도 않겠어요. 하지만 지금 움직이지 않으면 모든 게 정말로 끝나게 될 거예요."

"……."

궁사독과 유화란은 이를 악물었다.

지금 내리는 선택에 따라 그들 모두의 운명이 갈리게 될 터였다.

"그렇다면……."

*   *   *

쾅!

복부에 내리꽂히는 섬전 같은 강기에 흑련은 헛숨을 토했다.

인간의 것이라고는 상상조차 할 수 없을 거대한 힘.

호신강기로 밀어내지 못하면 그대로 온몸이 찢겨 버릴 것이었다.

"큭……!"

흑련은 체내의 기운을 모조리 끌어 올려 강기를 밀어내려 했다.

그러나 내리꽂히는 기운은 조금도 줄어들지 않고 있었다.

'더 이상은······!'

그녀가 체념하려는 찰나, 섬전이 거짓말처럼 사라졌다.

피투성이에 만신창이가 된 흑련은 그대로 정신을 잃었다.

"무리를 하는군그래?"

비꼬는 듯한 제갈철의 한마디에도 현월은 대꾸하지 않았다. 입을 벌렸다간 피가 흘러나올 것 같았기에.

조금 전 흑련을 그대로 짓누르려던 강기의 다발을 옆면에서 후려친 현월이었다. 문제는 그 반발을 고스란히 받아 온몸이 비척대고 있다는 것.

"계집을 죽게 내버려 둔 채 나를 노렸다면 약간은 승산이 있었을 것을."

"······."

여전히 말이 없는 현월의 모습에 제갈철은 혀를 찼다.

"이제 그쯤 하지 그래? 기껏 만들어낸 또 하나의 역천자를 내 손으로 없애고 싶진 않은데."

"그게 무슨 소리지?"

현월의 반문에 제갈철은 차갑게 웃었다.

"왜, 이제야 좀 말할 마음이 생기나?"

"……."

"좋아. 대답해 주지. 간단하다. 같은 역천자끼리 서로를 죽이게 되면, 죽은 자의 회귀대법은 소멸된다. 한마디로 내가 너를 죽이면 네 회귀의 연쇄도 그것으로 끝이라는 거지."

"…잘 됐군. 그 말은 곧, 너를 죽이기만 하면 다 해결된다는 뜻이니."

"허세 부리는 성격은 아니라고 생각했는데, 내가 잘못 본 거였나?"

"두고 보시지."

그렇게 대답하는 현월의 머릿속은 복잡했다.

'어쩌면…….'

이 상황을 이용해 제갈철을 함정으로 몰아넣을 수 있지 않을까?

그러나 그러기엔 상황이 너무 안 좋았다. 무림 연합의 희생으로 다소 기력을 낭비하긴 했다지만, 그래도 제갈철은 여전히 현월보다 강대했다.

'타격을 입은 몸도 쉽게 회복되지 않는다.'

두 사람 모두 암천비류공을 익힌 몸. 그 때문인지는 모르겠지만 암천비류공 특유의 공능인 자연 치유가 평소보다 더뎠다. 현월도 그렇거니와, 제갈철 또한 가슴이 꿰뚫린 상처가 쉽게 회복되진 않았던 것이다.

결국 제갈철을 끝장낼 일말의 가능성이나마 지닌 것은 현월뿐이었다.

'하지만……'

두 사람 간의 격차는 여전히 크다.

그렇기에 현월로선 승부수를 띄울 필요가 있었다.

[사람들이… 몰려오고 있어요.]

흑련의 전음이었다. 혼절한 줄 알았더니 그새 정신을 차린 모양이었다.

현월 또한 기감을 통해 느낄 수 있었다. 수백, 혹은 그 이상 가는 규모의 병력이 다가오는 것을. 그리고 흑련과 현월이 감지했다는 건 제갈철 또한 감지했다는 의미였다.

"혈교도 놈들이군."

제갈철이 눈살을 찌푸렸다. 대강 돌아가는 상황이 어떤지 짐작이 갔던 것이다.

"그 계집인가?"

파파파팟.

폐허가 된 건물들 사이로 혈교도들이 모습을 드러냈다.

만박서생 유숭을 필두로 한 최정예 고수들이었다.

물론 그중에서도 제갈철의 눈길을 끄는 것은 단연 암후였다.

"너 또한 반기를 들기로 한 것이냐? 하여간 세상에 믿을 놈

하나 없군."

"애초에 난 당신의 수족도 아니었어요."

"흥. 내 덕에 각성할 수 있었으면서 말이냐?"

"그렇게 만들어 달라고 한 적도 없고, 이렇게 된 것이 기쁘지도 않습니다."

"아, 그래."

제갈철의 눈빛이 싸늘하게 식었다.

"다 죽여주마. 그렇게도 죽는 게 좋다면 말이다."

무시무시한 살기가 제갈철로부터 폭사됐다.

이미 무지막지한 파괴를 저지른 장본인임에도, 그의 기력은 어느 누구도 대적하지 못할 만큼 강건했다.

'하지만……!'

도저히 대적할 수 없을 것 같던 막강한 무위는 사라진 지 오래. 제갈철은 분명히 지쳐 있었다.

'그렇다면……!'

희박하던 가능성이 약간이지만 커졌다.

현월은 승부수를 띄우기로 했다.

"암후! 의식은 완성되었겠지?"

'의식? 의식이라니?'

암후는 현월의 말을 이해할 수 없었으나, 동시에 그것이 일종의 연막일 거라고는 생각했다.

그래서 짧은 순간, 현월의 말에 장단을 맞춰 주기로 결심을 했다.

"거의 끝났어요! 하지만 아직 약간의 시간이 더 필요해요."

"좋아. 그럼 여기는 너희에게 맡기겠다. 나는 유설태에게 가겠다."

유설태란 이름에 제갈철의 두 눈이 번쩍 뜨였다. 짧은 순간, 그의 지성은 최소한의 정보만으로도 놀랄 만한 추리를 해낸 것이다.

물론 그 자체가 현월의 미끼였지만.

"설마 네놈들, 역천봉쇄의 술법을……?"

현월은 결정타를 날리기로 했다.

"아들을 못 본 지도 오래 되었지?"

"……!"

"네 낯짝을 보게 되면 제갈윤이 뭐라 말할지 궁금해지는군."

제갈윤!

그 세 글자가 제갈철의 뇌리를 꿰뚫듯 지나갔다. 회귀의 시작점, 그가 항상 되돌아오게 되는 시간대 이전에 낳았기에, 어쩔 수 없이 세상에 존재하게 된 피붙이.

그러나 몇 차례의 회귀 이후로는 어떠한 감정조차 남지 않게 된, 사실상 남남인 존재.

그러나 생리적으로는 분명한 혈육인…….

"내… 아들?"

걸렸다. 현월은 그렇게 확신하고는 암월방의 장원 쪽으로 신형을 쏘았다.

"나는 의식을 완료하러 가겠다. 전력을 다해 놈을 막도록!"

"알겠어요!"

암후가 반사적으로 소리쳤다. 그녀를 제외한 대부분의 혈교도들은 대체 이게 무슨 일인가 하는 표정이었지만, 정작 제갈철은 그 면면을 보지 못했다.

그의 시선은 오로지 현월에게만 고정되어 있었기에.

"너─! 네놈!"

무시무시한 포효성을 내뱉은 제갈철이 땅을 박찼다.

"반드시 죽여 버릴 테다!"

지금까지의 여유 넘치던 그와는 너무나 대조되는 모습.

겨우 목숨만 건진 채 널브러져 있던 궁사독은 그 모습을 보고는 쓴웃음을 지었다.

'뭐가 어떻게 된 건지는 몰라도… 역린을 제대로 건드린 모양이군.'

같은 순간, 암후는 허공으로 신형을 날리며 소리쳤다.

"그를 막아야 해요!"

"으음!"

유숭과 혈교도들 역시 신형을 날렸다.

그들 또한 대강의 설명을 암후에게서 들은 직후였다. 물론 그것만으로는 혈교가 참전할 명분이 부족하긴 했다.

오히려 제갈철의 행보는 여러 면에서 혈교에게 이득이 되는 면도 있었고.

그러나 이어지는 암후의 설명이 그들의 생각을 뒤집었다.

"지금 그자를 제거하지 못하면 혈교는 멸망하게 될 거예요. 그것이… 지천궁주의 말씀이었어요."

유설태가 그렇게 말했다. 유숭은 그렇기에 이 괴물과 싸우기로 결심했다. 이러니저러니 해도 지금까지 혈교를 통솔해온 사람은 유설태였고, 혈교에 대한 그의 헌신은 조금도 거짓이 없었으니까.

게다가, 설마 암후가 없는 말을 지어냈으리라고는 생각지 못했다. 어쨌든 그녀는 지금껏 단 한 번도 거짓말을 한 적이 없었기에.

결국 암후는 처음이자 마지막 거짓말로 이들을 설득한 것이다.

"귀찮은 것들!"

제갈철은 두 손을 쫙 펼쳤다.

이윽고 그의 손아귀 안으로 무시무시한 양의 빛무리가 몰려들었다.

그리고 혈교도들을 향해 섬광처럼 날아갔다.

콰과과과과광!

열댓 명의 혈교도가 빛줄기에 직격당해 산산이 찢겨졌다.

한 발 한 발이 절세 고수의 강기에 맞먹는 엄청난 위력!

그만큼 제갈철은 흥분해 있었고, 안 그래도 낭비하던 기력을 더더욱 쏟아내기 시작한 상태였다.

게다가 그 와중에도 현월을 뒤쫓는 속도는 조금도 느려지지 않았다.

"어떻게든 막아야 해요!"

그렇게 외치며 암후가 치고 나갔다.

비록 몸 상태는 여전히 좋지 않았으나, 그런 것을 따질 겨를은 없었다.

"건방진!"

제갈철이 재차 강기 다발을 쏟아냈다. 암후는 검강을 실은 장검으로 각각의 섬광을 후려쳤다.

쩌엉!

장검은 세 번을 채 휘두르기 전에 부러져 나갔다. 방어 수단이 사라졌음을 깨달은 그녀가 내력을 최대한 끌어올려 온몸에 호신강기를 둘렀다.

콰과과광!

강기 다발에 난타당한 암후의 몸이 곤두박질쳤다. 모두가 경악할 만한 광경이었으나 정작 제갈철은 그쪽으로 잠깐의 시선조차 보내지 않았다.

"도망칠 셈이냐!"

입으로 도발하며 쇄도하는 이는 유숭이었다.

암후보다는 약간 떨어진다고 하나 그의 무위 역시 혈교 내 최상위권.

게다가 여러 조건을 따지자면 현재로서는 암후보다 강하다고 할 수 있었다.

그는 몇 차례 허공을 격하고 나아가 제갈철의 앞을 막아섰다. 결과적으로 땅을 박찬 이래 제갈철이 처음으로 멈칫하게 됐다.

"꺼져라!"

무시무시한 기세로 일갈하는 제갈철. 평소였다면 비웃거나 냉소했을 그였으나, 지금만큼은 얼굴을 붉히며 흥분하고 있었다.

"꺼지란 말이다!"

제갈철의 양 손아귀로 재차 빛무리가 뭉쳐 들었다.

유숭은 암후처럼 몸으로 받아낼 생각이 없었다.

"항마사령진(抗魔死靈陣)을!"

그의 곁으로 날아든 혈교도들이 허공에 진형을 펼쳤다. 조금이나마 방어력을 높이고자 하는 것이었다. 물론 동시에 제갈철의 분노를 부채질하는 짓이기도 했지만.

그때, 거리를 벌리며 날아가던 현월이 전음을 날렸다. 조금이라도 더 제갈철을 도발하기 위해서였다.

[잘난 척은 있는 대로 하더니, 막상 죽게 되니까 두려운 모양이지?]

[죽는다고? 내가? 헛소리! 설령 회귀의 굴레가 깨어진다 한들 네놈들 따위에게 패할 내가 아니다!]

[그럼 왜 그렇게까지 두려워하고 분노하는 거지?]

왜 그럴까? 그것은 제갈철 또한 알 수 없는 것이었다.

평소의 그는 지독한 고독감과 무료함으로 인해 미치기 일보 직전이었다.

회귀 따위는 다시는 하고 싶지 않다고 생각하는 것이 이상할 것도 없었고, 실제로 몇 번은 무료함을 견디다 못해 자해와 자살까지 시도해 봤다.

'그런데 왜?'

막상 더 이상 회귀할 수 없게 된다고 생각하니, 미칠 듯이 두려운 것이었다.

죽은 듯 잠들어 있던 삶에 대한 의지가 이제야 깨어난 것일까?

'그럴지도.'

그 순간 수만 가지 감정들이 제갈철의 머릿속에서 소용돌

이쳤다.

"으아아아아!"

제갈철은 대성일갈을 토하며 체내의 기력을 미친 듯이 방출했다.

강기 다발은 이제 뇌전의 형상을 한 채 사방을 향해 펴부어졌다.

물론 그 대부분은 유숭과 혈교도들에게로 날아들었다.

콰과과과광!

여남의 허공에 연신 폭염이 피어났다. 그럴 때마다 대여섯의 혈교도들이 갈가리 찢겨서는 추락했다.

"나는 초월자다! 네놈들 따위에게 죽지는 않는다ー!"

제갈철의 포효가 허공에 쩌렁쩌렁 울렸다.

"특히나 현월! 네놈에게만큼은 절대로!"

충혈된 그의 눈이 현월을 쫓았다. 그때 현월은 암월방의 장원으로 들어서고 있었다.

"그곳이로구나ー!"

쾅!

허공을 박차고 날아가는 제갈철.

삽시간에 현월을 따라잡은 그는 현월을 곧바로 공격하진 않았다.

'의식부터 멈춰야 한다!'

필시 눈앞의 건물 안에서 펼쳐지고 있을 터.

제갈철은 포탄처럼 벽을 부수고 들어갔다.

콰드드드득!

암월방의 본관이 우수수 무너져 내리기 시작했다.

그 와중, 내부로 파고든 제갈철은 익숙한 얼굴을 두 눈으로 볼 수 있었다.

'그게' 무엇인지는 단번에 알아챘다. 애초에 알아채지 못한다면 그게 더 이상한 일이었다.

"아버지?"

'그것'이 제갈철을 향하여 말했다.

제갈철은 그대로 돌진했다.

'죽인다!'

놈이 혈육이든 아니든 알 바 아니었다.

애초에 부성애 따위는 오래전에 버린 그였다. 인세를 초월한 제갈철에게 있어 피붙이 따위는 아무런 의미조차 지니지 못했다.

한데…….

제갈윤의 두 눈이 시야 가득 들어왔다. 질풍보다 빠른 속도로 다가가고 있으니 그럴 터였다. 한데 그 두 눈이 어딘지 모르게 익숙했다.

마치 오랫동안 잊고 있던 무언가처럼.

제갈윤의 동공에 제갈철의 얼굴이 비쳤다.

제갈철은 그제야 두 사람의 눈이 거울에 비친 듯 똑같다는 것을 깨달았다.

보통 인간을 아득히 초월한 시력을 지닌 그이기에 가능한 판단이었다.

"너는……."

한순간 제갈철의 모든 움직임이 정지했다.

물론 그 한순간 문자 그대로 찰나지간에 지나지 않았다. 어지간한 고수조차 틈을 노릴 수 없을 만큼.

실제로 제갈철의 동요는 지극히 짧은 시간 동안에만 이루어졌던 셈이다.

그러나 그 자리엔 현월이 있었다.

사실상 제갈철을 제외한다면 최강의 무위를 지닌 무인이자, 그의 배후를 점하고 있으며, 그 짧은 순간 속에서도 제갈철의 빈틈을 찾아낼 수 있을 만큼의 감각을 지닌 그가.

'기회!'

현월은 전신의 내력을 끌어 올렸다.

그의 온몸이 시커먼 강기에 휘감겨서는, 이윽고 하나의 칼날로 화했다.

비장의 절초도 아니며, 전설적인 검법이라고도 할 수 없는, 그저 위에서 아래로 내려치는 기본적인 베기 동작.

그러나 그 순간만큼은 그 어떤 절초나 비기보다도 빠르며 정확하고 날카로웠다.

번쩍―!

현월은 제갈철을 지나치고서 몇 길음을 더 걸어간 다음 한 쪽 무릎을 꿇었다.

타격을 입은 것이 아니라, 온몸의 신경과 근육이 지나치게 긴장을 한 탓이었다.

위에서 아래로 정확히 한가운데.

좌우로 갈라진 제갈철의 몸이 양쪽으로 쓰러졌다.

종장

시체로부터 흘러나온 시뻘건 피가 바닥을 적셨다.

"죽은… 거군요."

제갈윤의 음성엔 딱히 비통함이라 할 만한 게 섞여 있지 않았다. 애초에 걸음마를 떼기도 전에 떠나가 버린 아버지일 뿐. 어떠한 유대나 교감이 생길 리 만무했다.

하지만 그는 자신을 보았을 때 일순간이나마 멈칫했다. 그것만큼은 제갈윤도 확실히 알고 있었다.

"잊고 지내던 죄책감이 순간적으로 생겨났던 걸까요? 저와 어머니를 버리고 떠나간 데 대한……."

"혹은 그저 놀랐을 뿐인지도 모르지. 자신의 젊을 적 모습과 놀랍도록 흡사해서……."

유설태가 경직된 어조로 말했다. 그러나 말을 꺼내 놓은 본인조차도 자신의 말을 믿지 못하는 눈치였다.

현월은 양단된 제갈철의 시체를 내려다봤다.

허무한 죽음이었다. 제갈윤을 보여줌으로써 심리적 동요를 일으키려던 게 본래 계획이긴 했지만, 기실 큰 기대를 하지는 않았던 것이다.

의식이 성공해 회귀가 깨어졌다. 그 사실을 깨달은 제갈철이 평정을 잃은 사이에 어떻게든 집중 공세를 펼쳐 끝장을 본다.

대강 그 정도의 계획만 세워뒀던 현월이었기에 제갈철의 허무한 죽음은 쉽게 받아들여지지 않았다.

'하지만…….'

놈은 죽었다. 제아무리 초월자라 한들 몸뚱이가 좌우로 양단된 이상은 살아날 수 있을 리 만무했기에. 이는 암천비류공의 공능으로도 불가능한 일인 데다 지금은 밤이 아닌 낮이었다.

"끝난 건가."

나직이 중얼거린 현월이 이내 유설태에게 물었다.

"의식은 어떻게 됐지?"

"놈이 뛰어들어 오기 직전에 완료했다."

"그런가."

현월은 머리를 벽에 기댔다. 제갈철 본인의 말대로라면 의식이 실패하거나 진행 중이었다 해도 회귀의 굴레는 끊어졌을 테지만, 그래도 확실히 끝맺음을 하는 편이 역시 안심이 됐다.

"그럼 남은 건 뒤처리뿐이군."

너무나 많은 이들이 죽었다. 무림은 사실상 궤멸당했고, 내로라하는 고수들이 전멸했다. 사실상 당분간은 길고 고된 혼란의 시기가 도래할 터였다.

'게다가……'

혈교 또한 상당한 피해를 입긴 했으나, 백도 무림 연합에 비하면 아직 건재한 편이었다.

"우리는 돌아갈 것이다. 소기의 목표는 실패했다고 봐도 좋을 테지. 게다가 우리의 전력만으로는 너를 어찌 할 수 없으리라 생각되는군. 제갈철이 죽은 이상 천하제일인은 너의 자리일 테니."

"내가 너희를 얌전히 보내줄 거라 생각하나?"

"……"

현월은 질끈 눈을 감았다가 떴다. 그는 유설태에 의해 배신당했고 혈교에 의해 무림맹을 잃었다.

그러나 그것은 지금의 생에서는 일어나지 않은 일이었다.

혈교의 침공으로 많은 피해가 발생했고 수많은 이가 유명을 달리했지만, 그것은 혈교 또한 마찬가지. 오히려 표면적으로나마 무림맹주로서 행세해 온 제갈철에 의해 발생한 피해가 더 컸다.

그리고 무엇보다도, 현월 본인이 의욕이 생기질 않았다.

"가라. 네 수하들과 동도들을 데리고 너희가 있어야 할 곳으로 돌아가. 그리고… 다시는 내 앞에 나타나지 마라."

유설태는 걸음을 옮겼다. 그리고 몇 걸음을 옮기고 나서 잠시 멈추어 섰다.

"저 청년에게 회귀대법을 해제하는 방법에 대해 가르쳐 두었다. 아마도 자네에게 필요할 거라 생각되는군."

"……."

"다시 만날 일은 없겠지. 언젠가 혈교가 웅비하는 날이 돌아오겠지만, 최소한 네가 살아 있는 동안은 아닐 것이다."

유설태가 바깥으로 걸어 나갔다. 그제야 현월은 모든 것이 끝났음을 실감했다.

기나긴 악몽이 마침내 끝난 듯한 기분이었다.

*   *   *

백도 무림의 연맹 체제는 사실상 붕괴됐다. 무림맹에 이어 무림 연합까지, 절대 다수의 사상자를 내며 지리멸렬해 버린 까닭이다.

구대문파 중에서도 소림을 비롯한 중앙 지역의 문파들이 입은 피해가 극심했다. 자연히 나머지 지역의 문파들이 선두로 치고 올라왔으나, 연맹을 만들기보다는 자기 몸집을 불리는 데에 집중하기 시작했다.

바야흐로 문파들의 춘추전국시대가 펼쳐지게 된 것이다.

혈교의 무리는 거짓말처럼 사라져 버렸다. 그들이 복귀하게 된 것만은 분명했지만, 그 결정적 사건이 된 여남에서의 일은 여전히 많은 부분이 비밀로 남아 있었다.

다만 한 가지 사실만은 확실했다. 여남이 초토화되고 수많은 이가 죽어 가던 와중에도, 현검문만큼은 건재했다는 것.

　　　　*　　　*　　　*

"이 정도면 돼요, 오라버니?"

"응. 고마워, 유린아. 좀 이상하게 들릴 법한 부탁인데도 들어 줘서."

"이상하긴 해도 오라버니가 하는 일이니까요."

여동생의 피가 담긴 사기그릇을 든 현월이 쓴웃음을 지었다.

그 씁쓸한 미소를 본 현유린 또한 애달픈 표정을 지었다.

"정말 떠날 생각이세요?"

"그래, 당분간이긴 하지만."

남매가 남아 있는 현검문은 적적하고 조용했다.

현월을 비롯한 중심인물들이 굳게 입을 다물었기에 자세한 내막은 밝혀지지 않았지만, 여남 전역이 심대한 피해를 입었다는 사실만큼은 변하지 않았다.

그리고 현무량은 이에 대해 큰 책임을 통감했다.

어찌 됐든 여남의 일문으로서 어떤 형태로든 힘을 보탰어야 했다는 것이다.

그렇기에 문도들을 죄다 이끌고서 여남 재건 작업에 나선 상태였다. 현검문의 장원이 텅 빈 것도 그 때문이었다.

"인사는 드리지 않고 가실 건가요?"

"잠깐 여행을 떠나는 것뿐이니까."

"알겠어요, 오라버니."

현월은 문턱을 넘어섰다. 그 뒷모습을 향해 현유린이 소리쳤다.

"첫눈 오기 전까지는 돌아오세요!"

가볍게 손을 흔들어 보인 현월이 그대로 걸음을 옮겼다.

익숙한 얼굴들이 기다리고 있었다.

"몸은 좀 괜찮아?"

"네, 덕분에."

짤막히 대꾸하는 흑련.

현월은 그녀의 옆으로 시선을 옮겼다.

"뭔가 할 말이라도 있습니까?"

"…아니. 지금의 자네에겐 그 어떤 말도 필요 없을 거라 생각되는군."

칼칼한 음성의 노인, 금왕이 피식 웃었다.

"보아하니 이미 마음도 정한 것 같고 말이야."

"……."

"다시 자네가 무림사에 끼어드는 일은 없겠지?"

"내 할 일은 모두 끝났습니다. 하고 싶었던 일도, 해야만 했던 일도."

"그래, 이제는 어쩔 생각인가?

"우선은……."

현월은 먼 북녘을 응시했다.

"초원을 돌아보고 올 생각입니다."

"…그런가."

장성 바깥의 드넓은 땅. 중원과는 비교도 되지 않는 험악한 대지. 현월은 청랑을 떠올렸다.

여남이 초토화된 장대한 전투 속에서도 기어코 목숨을 건진 그는, 몸이 회복되자마자 북방으로 돌아갔다.

우선은 그를 다시 만나 봐야겠다고, 현월은 생각했다.

'물론 그전에 해야 할 일이 있지만.'

현월은 왼손에 들린 사기그릇을 내려다봤다.

흑련의 시선이 그 뒤를 따랐다.

"결국 결심하셨군요."

현월은 고개를 끄덕였다.

"거듭 생각해 봤지만, 역시 역천자의 숙명이란 것은 저주라는 게 내 결론이야. 비록 그 덕에 지난 삶에서 이루지 못한 것을 이루긴 했지만……"

현월은 쓴웃음을 지었다.

"어쩌면 돌아오지 않는 게 답이었을지도 모르지."

"돌아오는 게 답이었을 수도 있고요."

"…그래. 하지만 그렇더라도 이걸로 끝낼 생각이야. 거듭되는 삶을 택했다간, 나 또한 제갈철처럼 되어 버릴 테니까."

"잘 생각하셨어요."

흑련이 미소를 지었다.

평소 그녀에게서는 접하기 힘들었던, 무척이나 부드러운 미소였다. 현월 또한 그녀를 향해 마주 웃어 주었다.

『암제귀환록』 완결

이계진입
리로디드

임경배 퓨전 판타지 소설
FUSION FANTASTIC STORY

『권왕전생』임경배의 2015년 신작!

『이계진입 리로디드』

**왕의 심장이 불타 사라질 때,
현세의 운명을 초월한 존재가 이 땅에 강림하리라!**

폭군으로부터 이세계를 구원한 지구인 소년 성시한.
부와 명예, 아름다운 연인…
해피엔딩으로 이야기는 끝인 줄 알았건만
그 대가는 지구로의 무참한 추방이었다.
그리고 10년 후……

"내가 돌아왔다! 이 개자식들아!"

한 번 세상을 구한 영웅의 이계 '재' 진입 이야기!

Book Publishing CHUNGEORAM

유행이 아닌 자유추구 -
WWW.chungeoram.com

철백 新무협 판타지 소설
FANTASTIC ORIENTAL HEROES

大武

대
무
사

피와 비명으로 얼룩진 정마대전의 종결.
그리고…

"오늘부로 혈영대는 해산한다."

혈영대주 이신.
혈영사신(血影死神)이라고 불리는 그가
장장 십오 년 만에 귀향길에 올랐다.

더 이상 전쟁의 영웅도, 사신도 아니다!

무사 중의 무사, 대무사 이신.
전 무림이 그의 행보를 주목한다!

Book Publishing CHUNGEORAM

유행이 아닌 자유추구-
WWW.chungeoram.com